JN070535
I'm an unfortunate archer,
but doing Okay
不遇職の弓使いだけど
何とか無難にやってます
2
洗濯紐
イラスト／bun150
TOブックス

Contents

I'm an unfortunate archer,
but doing Okay

目次

イラスト／bun150　デザイン／AFTERGLOW

レンジの精霊達
プレイヤーの想像力で形づくられた精霊達。火の精霊ファイ、風の精霊ライ、闇の精霊ヤミなど外見や性格は様々。
レンジ
弓使いのアニメキャラに憧れてVRMMO ゲーム「Trace World Online」を始めた中学生。キャラを真似した"なりきりプレイ"で遊んでいたら、攻略最前線へ躍りでてしまう。「とにかく目立ちたくない！」と嘆く今日この頃。

人物紹介 Characters
ルト
攻略最前線を目指すクラン「瞬光」のマスター。レンジを気に入っており、会うたびに熱心な勧誘をする。
ナオ
レンジにゲームを勧めた同級生。盗賊という職業でクラン「瞬光」に所属している。やや打算的な面が見られるが、悪気はない。
ユウ
小心者の女弓使い。初めて出会った時の印象が悪かったのか、レンジに対して苦手意識を持っている。レイナを慕っている。
十六夜
ランキング第一位を爆走する女双剣使い。一見感情が読み取りづらいが、強さに対しての欲求は誰よりも強い。精霊持ち。
レイナ
ランキング常連の女弓使い。現実でも凄腕の弓道部員で、ゲーム内で弓が弱いと軽視されていることに憤りを感じている。

プロローグ

視界の隅に入った友達達が駄弁っている風景。

いつもであれば俺もそこに参加しているはずなのだが、寝不足のせいかどうも立ち歩く気にはならなかった。

「はぁ……ねっむ」

寝不足の原因である、友達の尚康《なおやす》——駄弁《だべ》っている奴等の中心にいる——にもらった、〈Trace World Online〉というゲームは、良くも悪くも俺の生活に大きな変化をもたらした。

そのゲームにおいて本当に弓使いが不遇なのかどうか、を確かめる為だけに、弓道部に所属している俺が始める事になった〈Trace World Online〉。

それは、俺が小さい頃から憧れ続けていた小説内の登場人物でもある〝彼〟の事を思い起こさせるような、そんなゲームだったのだ。

小説の中では主人公を助けるお助け役、脇役のようなキャラだったが、時には精霊と、時には幻獣と共に戦い、空を矢で埋め尽くした〝彼〟。

そんな〝彼〟のような弓の名手になりたいという理由だけで弓道部に入っていた俺にとって、〈Trace World Online〉はこれ以上ないほどに完璧な〝場〟だった。

未だ全属性の精霊を召喚できていないとはいえ、火精霊のファイ、風精霊のライ、闇精霊のヤミと共に、『堕《お》ちた中級土竜』という特殊ボスを倒したのはいい思い出……ではないが、記憶に新しい。

土精霊、水精霊の召喚方法は既に知っているので、時間を見つけ次第すぐにでも始める予定だし……未だ推測すら立てられていない光精霊も――。

「そういやさぁ――」

腕を枕に机に突っ伏していると頭上から聞こえた、聞き覚えのある声。

「ん？」

「――うちの専属鍛冶《かじ》師、狂乱してたんだけど……レンジ君知ってるよなぁ？」

「ダンシンさんの事？」

「ああ」

ワールドクエスト『Invisible Black Haze』に関わりのありそうな、堕ちた中級土竜を一撃で倒した時にドロップした土竜の鱗《うろこ》。

偶々《たまたま》、その後に水精霊の召喚方法を教えてもらう代わりに臨時でパーティを組んだ子には少しだけ上げたのだが、それ以外は俺のフレンドの中で唯一の鍛冶師であるダンシンさんに売り払った。

たぶん、尚康はそれの事を言っているのだろう。

「何か問題あった？」

「いや、問題しかないんだが……まあ俺達のクランにはプラスにしかならないから良いんだけど……」

「……なら良くない？」

土竜戦にはあまり良い思い出がないので感じの悪い口調になってしまうが、探りを入れてきているナオには丁度良い。

どうせなら直接聞いてくれれば良い物を。

「……、そうだな。レンジ、一緒に迷宮に潜らないか？」

「話が見えてこないんだけど」

「いや今日さ、パーティメンバーの１人がイン出来ないから、どうせならレンジと組んでみたいなあって。ついでに情報交換な」

「……どっちがついでだよ」

「まあ気にすんなって！」

どう考えても情報交換がメインなナオに少しだけ呆れながらも、俺も聞きたい事があったし、このゲームを教えてくれたナオの希望には出来るのならば応えたいので軽い気持ちで了承する。

「あ、けど俺10層までしか攻略してないよ？」

「ん？　ああ、その程度なら問題ない。あいつらは午後からだから学校終わったら速攻で30層、俺達の最前線まで持ってく」

「20層あるけど、いける？」

「そんなん簡単だろ？　ましてや竜殺しさんだっているんだ。問題ないだろ」

「……」

竜殺し……と言われても、微妙な気持ちにしかならない。

あの時に使ったスキルは、未だに全貌を把握できていないし、強い装備――繋精弓《けいせいきゅう》を作れた勢いそのままに突っ込んだあの戦いは、あまり良い思い出でもないのだ。

一応、質問をされれば答えられそうな範囲では答えるつもりではあるが……迷宮攻略、簡単だと良いな。

パーティでの迷宮攻略

家に帰って早速、〈Trace World Online〉を起動して第3の街の迷宮に向かった俺は、すぐにヤミ、ファイ、ライを召喚した。

【精霊召喚：闇】『ヤミ』【精霊召喚：火】『ファイ』【精霊召喚：風】『ライ』」

1日ぶりに召喚したヤミ、ライがいつもどおりの定位置へと移動し、それをファイが妨害しようとしているのを見届けながら、ストレージ内の矢の在庫を確認する。

「充分あるな……」

教えてもらった水精霊のクエストを進める方法は、自作の武器で一定数以上の敵を討伐する事。

矢という消耗品を使う【遠距離物理】の人間には不利な内容だが、憧れの彼に近づけるのだから障害にすら成りえない。

ナオ達との迷宮攻略が終わり次第、すぐにでも素材集めをするつもりだし……明日中には召喚出来るな。

まあ、未だ矢の素材として必要な〝羽〟の入手方法が分かっていないので、希望的な観測ではあるが。

第5の街の迷宮、その11層以降にあってくれると助かるのだが……そこら辺はナオに聞いてみれば良いだろう。

「よ、よう？」

「ん……？」

待ち合わせ場所に精霊達と一緒に待機し続ける事数分、ようやくナオが来たのだが……何故か声をかけて良いのか分からないといったような顔をしていた。

「どうした？」

「い、いや……それで、30層までの最速攻略なんだが……そこまでに見つけた宝箱は全部レンジにやるから」

「お、助かる」

使える物を入手出来るかどうかは分からないが、くれるというのだからもらえる物はもらっておこう。

頭上……というよりも、安定して飛び散る火の粉にナオの目線が向かい、俺へのナニソレ？という疑問が目に表れているのだが、口に出していないのだから答える必要はない。

まあ聞かれれば答えるのだが、率先して語りたい物でもないし答えなくて良いだろう。

「じゃあ、行くか。パーティ申請したから——」

「したよ」

「おっけー。んじゃ……って61レベか。思っていたよりは低いんだな」

「俺だけで倒している訳じゃないから」

魔物同士を戦わせるレベリングは、簡単にドロップアイテムを手に入れられる代わりに得られる経験値はそこまで多くない。

ナオにしてみれば低いほうなのかもしれないが、ナオのレベルも56と、俺より少し下な程度で61レベというのは俺にとっては充分高いくらいだった。

「んじゃ、行くか。……【気配探知】はずっと使っててくれよ？　誤射とかされたくないから」

「【気配探知】？」

「ああ」

確か……【気配感知】の上位スキルだったか。

持っていないので、あまっていたSKPを注ぎ込もう。

矢を作る為に必要な鏃《やじり》を作る為に【採掘】と【鍛冶】を取得し、最大レベルにしてもなおあまっているSPの使い道としては丁度良い。

「発動した」

「ありがと。んじゃ、行くぞ」

「ああ」

未だ少しあまっているSKPの使い道が情報交換中に見つかると良いのだが……。

迷宮の転移魔法陣に乗ったナオに続いて、11層へと向かう。

代わり映えのない迷宮の風景に少し安心しながら、出てきたオークに一撃くらわせて討伐する。

10層までしか挑戦していなかったので少し不安ではあったが、この程度の敵ならば全力を出す必要はなさそうだ。

やる気を出しているファイには申し訳なく思うが、俺のみの力で攻略をする……という思いを込めて魔力を送ったのだが、ファイが少しだけ不貞腐《ふてくさ》れてしまった。

この感じだと後で息抜きをさせる必要がありそうだな。

「……あれ、俺必要ない感じ？」

「道案内とか？」

「……おっけー道案内は任せろ」

10m以上離れた、【近距離】の人間では届かないような所から一方的にオークを倒した俺を見てか、ナオは【隠密】を解除して俺の横に立った。

「んじゃ、駄弁りながら進んでくか。……俺から質問な」

「ああ」

「……まあいいか。土竜、どうやって倒した？」

再び何気ない動作で角から現れたゴブリンを倒したからか、一瞬ナオが固まったがその後すぐにド直球な質問をしてきた。

「普通何か挟まない？」

「ダルい」

「……【精霊王の加護】っていうので【Black Haze 特効】の武器が発生して、それのお陰で一発で倒せた」

「……色々と聞きたい事が増えたんだが」

「んじゃ、俺の質問。羽って何処で入手出来る？」

「あー……っと、確か第5の街にある迷宮で入手出来たんじゃないか？　第2、第3の街を隔てる崖からも入手出来るって聞いた事はあったが……」

「ありがと」

ナオの言葉により、俺の期待どおり第5の街迷宮の先に進めば羽を入手出来ると把握出来た。

ナオとの迷宮攻略が終わり次第すぐにでも素材集めに行きたいと思うし……それが伝わったのか、ファイが目を輝かせてやる気を出し、射た矢に炎を纏《まと》わせた。

「……え」

「何も見てないから」

「あ、ああ……他にも質問良いぞ」

再び現れたオークを倒しながら、どんな質問をすれば良いか考える。

それにしても、ファイが俺のお願いを無視して攻撃出来たのは〝お願い〟だからだろうか？

〝彼〟を目指している以上、〝命令〟はしたくないので試すつもりはないのだが……精霊達の機嫌に関しては今後もこれまで以上に確認していくべきだな。

そんな事を考えながら、再び何か質問はないか考える、が。

……よく考えたら羽以外で聞きたい事はそこまでないな。

精霊達の〝お願い〟と〝命令〟に関しては、ナオに聞いても望んだ答えが返ってくる事はないだろう。

質問……強いて言うならナオの職業である密偵という物だが、それさえあまり興味はなかった。

まあ、一応聞いておくか。

「密偵って職業、初めて聞いたんだけど」

「密偵は盗賊の上位職業だな。隠れる事や情報収集とかに特化してる」

「へー」

「……聞いた割には興味なさそうだな。情報量が釣り合わないし、もう1個いいぞ」

そう言われても……。

仕方ない、どうせ期待する回答は返ってこないだろうが聞いてみるか。

「火、水、土、風、闇以外の精霊のクエストの進め方」

「いや、それ逆に俺が聞きたい。5属性も知ってるとか早すぎるだろ」

「……土竜のクエストの進め方」

「それなら大雑把に教えられるけど、いるか？」

「いる」

正直、教えてもらえるとは思っていなかったので食いつくように即答してしまった。

堕ちた中級土竜を討伐した際に入手した【土竜を救いし者】という称号の効果は、土竜のクエストを種族問わず受けられるようになるという物。

精霊に関わりがない為あまり気にならないのだが、取れるなら取っておくにこした事はないだろう。

水精霊と水獣の方法が両方共に自作アイテムに関わる物だったので、土精霊の事を考えると防御系だろうが……。

「確か……味方の死を防ぐとかそんな感じだったはずだ。まだ俺も取れてないから……ってなんで俺を見る⁉」

「いや、死にかけないかなーって」

「ひどっ⁉」

基本的にはソロの俺としては、土竜のクエストクリアにはちょうど良すぎるタイミングだ。

縄があれば縛り付けてゴブリンの前に放置するぐらいはするつもりだし……、

「お互いに死にかけてみない？」

「え、まじで言ってる？」

「うん」

「……取り敢えず20層まで行くぞ」

「20層のボスで？　分かった」

「……」

ナオが協力的なようで良かった。

こんな事を頼める人などナオか姉ぐらいしかいないのだが、ＶＩＴ特化の姉がそんな簡単に瀕死になるとは思えず、その上姉に頼み事はあまりしたくない。

「なんとなく察してるんだが……俺から質問。なんで土竜について聞いたんだ？」

「土竜を討伐したらクエストを種族問わず受けられるようになったから」

「……いや、それ言っちゃ駄目だろ」

「なんで？」

サラッと11層の攻略を終わらせ、12層へと移動しながら真顔でそう言ったナオ。

「え、いや、なんでってそりゃ……」

聞かれたから答えた、それだけの事だ。

他の人が秘匿《ひとく》しているような事だったら俺も隠すけれども、現状俺しか知らなそうなので他の人に迷惑が掛かる訳でもないし、秘匿する理由もない。

それに、ナオには色々と借りがあるのでこのぐらいなら答えて良いだろう。

「……まあ良いか、取り敢えず聞かなかった事にする。次、レンジの質問」

「特にないから何か話して」

「えぇ……そういうのが一番ダルいんだが……まあ良いか」

あ、２匹。

「【ツインアロー】」

「……。んー、ダンシンさんの狂乱具合でも話すか？」

「興味ない」

「だよなー。んじゃ、調教姉妹」

「……頭大丈夫？」

耳がおかしくなった事も視野にいれながらナオの顔を確認するが、至って真面目な顔をしている。

ふざけて言っているような事ではないのだろう。

「……酷くね？　調教師の姉妹が【瞬光】にはいるんだよ」

「で、調教姉妹、と。……変わってるな」

「んー……個性的なのは間違いないんだが……」

「一応聞かせて」

「おっ？」

「いや、一般的な調教師だけで良いから」

〝彼〟は精霊に好かれるだけでなく、すべての生物に好かれていた。

まあヒロイン達はすべて主人公に……というのは置いといて、どうせなら俺も従魔的な物が1体ぐらいは欲しい。

調教という、明確な上下関係が存在しそうな職業なのはあまり気乗りがしないが、聞いておいて損になるような事はないだろう。

「その姉妹が言うにはな、いや双子か？　まあそれは置いといて、従える魔物は全く一緒なのに、ステータス構成とかが全く違ったりするから割と初見殺しなんだよ」

「へー」

「んでさ、俺も前彼女等それぞれのツインヘッドウルフに挑ませてもらった……ってあまり興味なさそうだな」

「姉妹の話はどうでも良いから調教師とかについて知り……あれ、宝箱？」

「お、運いいな。まだ4層目なのに銀宝箱か」

14層になってようやく見つかった宝箱。

銀宝箱よりも上に金宝箱、虹宝箱という物が存在するらしいが、木宝箱ではなかっただけ良かったのだろう。

宝箱の種類はその4種類しかないらしく、【罠解除】スキルが求められる宝箱もあれば、求められない宝箱もあるらしい。

「んじゃ、一応【罠解除】持ってるし俺が開けるぞ」

「ああ」

「……んー、これだな」

「え、物理法則どうなってんの」

「言うな」

ナオの手によって開けられると共に、宝箱の中から出てきた大きな盾《たて》。

「レンジ、受け取れ」

「ん、ああ？」

『魔鉄鋼の重盾』というらしい使い道のない盾を受け取り、ストレージにしまう。

たぶん姉の手に渡る事になるのだろうが……釈然《しゃくぜん》としないし代わりにもっと大きな物でも要求しようか。

「んで、なんの話をしてたっけ？」

「調教師という職業について」

「あー……、調教師って職業はさ、レベルが最初からある代わりに、魔物の餌代《えさ》とか色々と掛かるし命令を完全に聞くように育成するのにも滅茶苦茶時間掛かるんだよね」

「へぇ」

「姉妹さん達に聞いてみたらそれが良いらしいんだけど、どう考えても召喚師のほうが楽だと思うんだよな。ＭＰさえあればなんとかなる訳だし」

「召喚師？」

「ああ。調教師と違ってレベル上げをする必要があるとはいえ、好きなタイミングで召喚出来るし、調教育成をする必要がないからな」

「へぇー……」

調教姉妹の話はぶっちゃけどうでも良いのだが、想像以上に面白い話を聞く事が出来た。

召喚師……聞く限りでは俺の考えている条件に合う職業だろう。

流石に今の2つの職業のほうが重要なのだが……3つ目の職業が取れるようになったらとっても良いかもしれない。

「で、本気で20層でやるのか？」

「え？」

「だから、土竜狙いの奴」

「出来るなら」

「んーじゃあ、もう少し急ぐか。今のままだと間に合わなそうだ」

「分かった」

ナオに言われ、気持ち速めに行動する。

少し先走ってしまい、未だ見えない所にいた敵を【チェイサー】を使って倒した事でナオに驚かれたが、この程度は造作ない。

〝彼〟という目標がある以上これぐらい出来ないと駄目だろう。

「この感じならなんとかなりそうだな。20層はゴブリンジェネラルだから取り巻きを全部倒してから土竜狙いをやるぞ」

「分かった」

それから、数十分もしない内に20層までの攻略が終了し、俺とナオは大きな扉の前にいた。

「ナオ、まずは俺の先制攻撃で良い？」

「分かった」

「【チャージ】」

【弓技】レベル10で覚える、次の矢に掛かるスキル効果を上昇して消費MPを半減させるスキルを使い、万全な状態にしてからナオに合図を送る。

1分間の事前準備が必要だったが……、

「「「「ゴガァァァァ――」」」」

「【ハンドレッズアロー】【インパクト】【ブラスト】」

「……お前、それ絶対俺に撃つなよ？　フリじゃねえからな？」

それに見合う効果が目の前には広がっていた。

文字どおり消し飛んだ、ゴブリンジェネラルの取り巻き達。

ジェネラルの特性上、1体だけ生き残ったが……、

「合計4回必要だけどまずは1回お願い！」

「まっ、無理言うな⁉　俺紙装甲だからな⁉」

奇遇な事にナオも紙装甲のようなので一応死なない程度に配慮したギリギリのラインでジェネラルを【インパクト】で吹き飛ばす。

「……こわっ。んじゃ、お前の番だぞ」

「……そういえば、近距離ってどうやって庇《かば》――」

「【シャドウスピア】‼」

そのナオの攻撃がトドメとなり、ジェネラルがポリゴンへと成り果てる。

ログを確認するが……21層へ行けるようにはなっていたが、土竜のクエストは発生していなかった。

「あ、俺発生してる」

「……俺はしてない」

「因《ちな》みに、レンジ。ステータスは？」

「装備含めてVIT190、HP100」

「ぷっ……」

「もう少し追い込むか」

「ちょ、え!?」

最終的に7回かかった土竜のクエスト達成のせいで30層という目標には到達出来ず、27層までの攻略をしたタイミングでナオがパーティメンバーから呼び出しをくらった事で切り上げとなった。

ナオのパーティメンバーとの待ち合わせ場所である第3の街迷宮の入り口。

「ああ」

「あの人達？」

精霊達に目立つような行動を取らないように〝強く〟お願いした後に俺とナオは移動したのだが

……、

「なあ、俺視線集めてない？」

「あれだろ、クラン勧誘とか情報取得とかが目的じゃね？」

「……クランは入る気ないんだけど」

「そういや、前も聞いた気がするがなんでクラン入らないんだ？」

「ノルマとかルールがあるのが煩《わずら》わしい」

「あー……んじゃ、うちは絶対無理だな」

「だろうね」

【瞬光】という超有名クランにノルマがない訳がない。

だから俺は【瞬光】に入りたくないし、それ以外のクランに関しても同様なのだ。

ノルマがなく、行動制限も存在しないクランなら入っても良いのだが……それはクランとして意味を成しているのかどうか怪しい所だろう。

「あー……いた。あれ、俺のパーティメンバー」

「へー……」

ナオの指差した方向にいた4人のプレイヤー。

エルフの魔法使いが2人、人族の槍使い、獣人の騎士と、バランスの良さげなパーティ構成をしているが……睨《にら》まれているような気がする。

「遅いっ！」

「ごめんって。この鬼畜《きちく》野郎に殺されかけてて」

「「「え？」」」

俺、獣人の女性、エルフの男性が同時に驚きというか疑問の声を上げる。

俺は自分でも同じ事をやっているのだから鬼畜野郎ではないと思う。

「そういった人には見えませんが……」

「そんな奴とパーティ組んで大丈夫なの？」

「こう見えて強いし、信頼は出来るから大丈夫だろ。取り敢えず、レンジ、自己紹介して」

「無所属、【遠距離物理】のレンジです。今日はよろしくお願いします」

「あ……どうも。パーティのタンクを受け持っているミウと言います。職業は騎士です」

「はじめまして。魔術師のハルトです。気軽にタメ口でお願いします」

疑問の声を上げたのがミウさんとハルト。

タメ口で良いと言われたからタメ口でいかせてもらうつもりなのだが、あまり表情に変化のないハルトを見ると本当にそれで良いのか怪しくなってくる。

「神官のエナです。よろしくおねがいします」

「……まして、槍術師のルファです」

「こちらこそ、お願いします」

エルフの神官であるエナさん、人族の槍使いであるルファさんにもそれぞれに軽く会釈《えしゃく》をしてから、ナオのほうにも視線を向ける。

流れ的にもナオの自己紹介だと思って視線を向けたのだが、同じ意見だったのかエナさん達もミウさんと何か言い合っているナオに視線を向けた。

「……ん？　ああ、パーティリーダーのナオだ。職業は密偵だな。んじゃ、後はエナ頼む」

「……はぁ。いつも言ってますけど何を目標とするのかぐらいはパーティリーダーであるナオさんに決めてもらいたいのですが……取り敢えず今日の目標は50層程度になるかと思われます。アイテ――」

「あ、それ悪いんだけど30層まで攻略出来なかったわ」

「はぁ!?　何やってたのよ！」

今日のやる事などの説明をすべてエナさんに丸投げしたナオに、一瞬呆気にとられたがそのぐらいはいつもどおりだったのだろう。

エナさんはすぐに気を取り直し、説明を始めた。

パーティリーダー……お飾りか？

「うわっ、ちょ、ミウ落ち着けって！」

「私は、なんで、遅れたのか、って聞いてるの!!」

「あー、それはレンジと……いや、レンジに土竜のクエストを手伝ってもらってた」

「んなっ……」

唐突に痴話《ちわ》ゲンカのような物を開始したナオ、ミウさんの風景もいつもどおりなのか、エナさんはそちらを気にした様子もなく会話を続ける。

「……では、レンジさんの戦力把握も兼ねて、行けている所からの攻略という事で良いですか？」

「……すみません」

「いえいえ、どう考えてもナオさんが悪いのですから」

俺が巻き込んだ形だったのでナオが悪い訳がないのだが、ナオが何故か説明しようとしていなかったから俺も説明するような事はしない。

複数の意味を込めて謝ってから、未だに何か会話をしている2人へと目を向けると……。

「……土竜のクエスト、言ってくれれば私が協力したのに」

小声でそんな事を呟いたミウさんに、

「いや、だってお前ステ的に向いてなさすぎだろ」

それが普通に聞こえていたのか、あっさりと返答をしたナオ。

俺ですらその回答は駄目だという事は分かるのだが、確かに職業が騎士の場合HP等が高いのは間違いないのであのクエストには向いていないだろう。

それこそ、俺のような超紙装甲……まあそれは置いておこう。

「みんなそんな物でしょ!!」

「いやっ、おまっ……」

ナオの向いてないという言葉を聞いて言ったミウの発言を聞き、俺のほうを見てから笑い出したナオ。

「お前、レンジのステータス知ってるか?」

「はぁ？　知るわけないじゃない」

「……」

「ＨＰ１００」

「「「え」」」

言って良いか、という目線を向けられたのでＯＫという意思を込めて見返した途端に一言一句乱れずに響いた驚きの声。

確かに自分でも低いだろうとは思っていたのだが、そこまで声を揃えるほどの物なのだろうか。

俺は最初の頃からずっと、近づかれる＝死だと思っているので振っていないだけなのだが。

「あれ……レンジ、素のＶＩＴ幾つだっけか」

「50」

「「「……」」」

「ほら、これほど適した奴はいないだろ？」

「そ、そうね……」

興《きょう》が削がれたのか、俺をヤバイ奴を見るかのような目付きで見た後に憤りを収めたミウさんに、なんとも言えない気持ちになる。

「ちょ、ちょっと質問しても良いですか？」

「はい」

「ソロ、なんですよね？」

「はい」

「その、そこまで紙装甲ですとちょっとした不意打ちで死にかねないと思うのですが……」

「近づかれたら負けだと思っているので」

「へ、へぇ……そうなんですか」

エナさんに『なんだこいつ』と言ったような目線を向けられ、頬を引き攣《つ》らせる。

視界の隅で笑っているナオにはもう少ししっかりと聞いておくべきだったか……。

あの時の会話を思い起こすと……ナオの考える紙装甲と俺の考える紙装甲に差があったのだろう。

「……取り敢えず、どのような事が出来るか知りたいので挑んでみましょうか」

「分かりました」

エナさんに誘われ、フレ登録、パーティ登録をした後に迷宮の28層へと移動する。

安定して微妙に暗い迷宮を視認してすぐに【感知】系統のスキルをすべて発動した。

本来の予定では30層から攻略をする予定だったらしいし、精霊達の力を借りないですむ範囲でなら全力でやろうと思ったのだ。

「では、移動を――」

「【ダブルショット】【チェイサー】……あ」

「「「え」」」

「出たぞレンジの変態射撃……」

「こんぐらいは弓使いだったら全員出来るだろ」

発動してすぐに見つけた標的に、間髪を容れずに射たせいでエナさんの言葉を遮る形で討伐ログを流す事になってしまった。

が、変態扱いされるのは納得がいかない。

俺の中での想定で一番下手であるユウさんでも、この程度ならば出来るのは間違いないだろう。

ゲームだからこそ出来る芸当ではあるが、そこまで誇るような事ではない。

「……人ですか？」

「人です」

既視感のある質問に即答する。

前にこの質問をされた時は『エルフだけど』的な事も言ったが、今のエナさんの雰囲気的には顰《ひん》蹙《しゅく》を買うだけだろう。

「……、ま、まあＨＰ、ＶＩＴが低くても問題ない理由はなんとなく分かりましたが……これはこれで問題がありますね」

「え……何か悪い事ありました？」

問題なのだから……敵が弱すぎて俺の実力が測れない、とかだろうか。

これ以上力を出す気はないので遠慮願いたいのだが……まあライに協力してもらうぐらいまでは許され――、

「あ、ちょ、ストップ」

「どうしました？」

「あ、いえなんでもありません」

ライだけに力を借りようとしたからか、やる気を出してしまったファイを宥《なだ》める。

ライ――風精霊に力を借りるだけならば、命中補正や速度上昇など目立たせる事なく強くなる事が出来るが、ファイ――火精霊となると完全に話は変わってしまう。

矢が火を纏ったり着弾時に爆発してしまったら、どうやっても誤魔化す事は出来なくなるだろう。

何故か押し黙ってしまったミウさん、ハルト、ルファさんを横目に、傍観者に徹《てっ》して笑っているナオに助けを求めた。

「まあ、想定より強かったなら良いんじゃねえの？」

「そこは良いのですが……レンジさんがいなくなった途端に不便に感じてしまいそうで……」

「なら、固定パーティに入ってもらえば良いのよ‼」

まるで名案を思いついたかのように顔を輝かせながらそう言ったミウさんに呆気にとられたが、どうやらそう思ったのは俺だけのようで……他の人達の表情には、どちらかと言えば呆れの表情が浮かんでいた。

「ミウさん、ハクさんを排除したい気持ちは知ってるのですが……流石にそれは」

「……れは」

ハクさんという俺が今臨時パーティを組んでいる原因であろう固定パーティ最後の１人とミウさんの関係がイマイチ掴《つか》めず、一番近くにいたハルトに少し教えてもらった結果……、

「恋敵かよ……」

しかも、取り合っているのがナオ。

本当になんとも言えない気分になりながらも、未だ俺の意思を伝えてないので喋らせてもらった。

「【瞬光】にも、パーティにも入るつもりはありませんので」

「えぇ⁉　【瞬光】は腐ってもトップクランだから入ってくれるかと思ったのに……」

「一応俺もリリース初期に誘ったし、ルトさんも直々に誘ってるけど、頑《かたく》なに首を縦に振らないんだよ……レンジは」

そのナオの言葉がトドメとなったのか、流石にミウさんも勧誘をするのは諦めたようだ。

「それはそれとして、レンジさんは弓の扱いが上手いんですね」

その後、少し微妙な空気になったものの、すぐにエナさんが話を元に戻した。

上手い……つもりはあるし、そう言ってもらえるのは嬉しい事だが、未だレイナさんには至っていない身としては発破を掛けられているような気分になる。

俺が一番上手いなどと勘違いされるのも嫌なので……。

「レイナさんっていうプレイヤーには勝てませんけどね」

「へぇ？　レンジでも勝てない弓使いのプレイヤーがいるのか」

「あれまじでやばいから」

即答した俺の発言で、きっと理解してくれたのだろう。

それ以上話を掘り下げる事もなく、迷宮の攻略を再開する事になった。

と言っても――、

「【ダブルショット】【チェイサー】」

「暇《ひま》だな……」

「暇ね」

「暇ですね」

道中の敵をすべて俺が倒してしまっている以上、ナオ達にはやる事がなかった。

矢を射るのに楽だからという理由だけで、後衛の俺が一番前に立って進んでいるのでナオ達は後ろからの攻撃を対処するぐらいしかやる事がないのだが……道を知っているパーティメンバーに、すべてを一撃で倒せる俺がいる以上、後ろから攻められるという事もなく……30層のボス部屋へと到達した。

「……ここまで、あっさりと来れたわけですけどどうしますか？」

「30層のボスも俺がやってもいいですか？」

「……出来るのであればお願いします」

「お、あれやんのか、レンジ」

事前準備に1分掛かるという事を知らせてから、【チャージ】を発動する。

30層までは攻略を終わらせてそこから一緒にやる予定だった以上、この層まではしっかりと真面目にやっておくべきだろう。

どうせナオの事だから、何かと理由をつけて俺にこのスキルを使わせようとしただろう事は間違いない。

『どんなスキルなのか』という質問に対して『見たほうが楽しい』といった回答でのらりくらりと

躱《かわ》しているナオを眺めながら……1分が経過した。

「準備が終わりました」

「分かりました。では……先手はレンジさんの一撃にお任せしても良いですか？」

「はい」

「一撃……？」

一撃という言葉に対して疑問を抱いたナオはこの際置いておき、前衛であるミウさんに、好きなタイミングで扉を開けるようにお願いした。

「じゃ、じゃあ開けるわよ……？」

「はい」

ミウさんが開け、中へと全員が入った瞬間に閉じた扉に、光りだした13の魔法陣。

事前の通達どおり、全員が魔法陣に近づく事なく扉付近に待機してくれている事に感謝しながら
――、

「【ハンドレッズアロー】【インパクト】【ブラスト】」

最低限の魔力を込め、射る。

相変わらずの、100本の矢という圧巻な風景に痺《しび》れる物を感じながら魔法陣のほうを見ると
……予定どおり、1体のコボルトジェネラルを除いてすべての魔物を倒す事に成功していた。

まあ後は任せるだけで良いだろう……と思っていたのだが、驚きからか動いてくれる様子がなかったので、

射る。

「【ダブルショット】【クイック】【ペネトレイト】」

「……やっぱ、何度見てもすげぇよなぁ。これで本気出してないとか意味分からんけど」

「流石に、圧巻ですね……弓使いがここまでだとは思っていませんでした」

「わぁ……って、ちょ、違うわよ！　パーティ戦なんだから、少しぐらい戦わせなさいよ⁉　あんた、パーティプレイって知らないんじゃないの⁉」

何故俺が本気でないとナオに気付かれたのかはよく分からないが……確かに、ミウさんの言っている事は完全に忘れていた。

貢献度を得られない限りはボスを討伐した事にはならない以上……このボス戦ではパーティを組んでいるはずなのに、俺しかボスを倒せていないという事になるのだ。

「……私達の戦い方も、見せましょうか」

素材集め

結局、俺が1人で倒しきってしまったせいでもう一度挑む事になった30層ボスは、俺以外の5人の神連携のような物で敵を翻弄《ほんろう》しながらの一方的な戦いとなっていた。

その事を本人達に伝えたら変な顔をされてしまったのだが、それは別に良いだろう。

その後は何事も問題なく攻略を進め続け、47層へと進む事が出来たが……やはり、パーティ戦は俺の性に合わないな。

ファイ達に話しかけて協力してもらう事も出来ないし、自分でも言うのもあれだが、協調性とかを求められるのは少し厳しい。

今みたいに自由気ままに自分の為の素材集めをしていられる時間のほうが、俺にとっては楽しかった。

一昨日、堕ちた中級土竜を倒した後に水精霊の加護を得る方法を知った俺は昨日、そのクエストをクリアする為の素材集めに奔走《ほんそう》していた。

吸魔の森中層、第6の街に行く為の条件にもなっている鉱山、第5の街の近くに存在する迷宮。

結局、矢を作る上で必要である鳥の羽は、クエスト受注時のみ手に入れられる特殊な物しか見つけられず集めるには至らなかったのだが、未だ行っていない第5の街迷宮の11層以降にあるという話を聞いた為、今から攻略する予定である。

「よし……行くか」

一応開放しておいた11層への転移魔法陣を使って11層へと移動し、辺りを見渡す。

第5の街迷宮の1~10層は草原が広がっていたが……11層は森が広がっていた。

1本1本が数十mはあるような大きな木々が広がっている森で、軽く見た限りでは鳥のような魔物を見つける事は出来ない。

昨日楓《かえで》さんから高レア度の装備を一式買ったとはいえ、HPは少なく、頭上から攻められたらひとたまりもないので警戒して【気配感知】、【気配探知】を使って前へと進んでいく。
因みに、楓さんにもらった装備はこんな感じである。

『密蛇《みつじゃ》のブーツ』★★★★★★
600／600
必要ステータス
【隠密Lv．7】
VIT：10
AGI：60
INT：50
DEX：20
装備ボーナス
AGI60上昇
INT20上昇
【悪路移動Lv．3】
【隠密】系統の消費MPを軽減する。

▼
製作者『楓』
【隠密】所有者専用のブーツ

『密蛇のズボン』★★★★★★
650／650
必要ステータス
【隠密Lv．7】
STR：30
VIT：30
INT：70
装備ボーナス
VIT40上昇
INT20上昇
【気配希薄化Lv．6】
【隠密】系統のスキル効果を増加する。
【隠密】系統の消費MPを軽減する。

▼製作者『楓』
▼【隠密】所有者専用のズボン

『密蛇の胸当て』★★★★★★
1400／1400
必要ステータス
【隠密Lv．8】
STR：60
VIT：50
INT：30
装備ボーナス
STR10上昇
VIT60上昇
【気配隠蔽Lv．4】

▼製作者『楓』
▼【隠密】所有者専用の胸当て

『密蛇のローブ』★★★★★★
700／700
必要ステータス
【隠密Lv．8】
STR：20
VIT：20
INT：60
DEX：30
装備ボーナス
VIT：40
INT：30

【魔力隠蔽Lv．4】

▼

製作者『楓』

【隠密】所有者専用のローブ

▼

『密蛇の手袋』★★★★★★

500／500

必要ステータス

【隠密Lv．9】

STR70

INT30

DEX20

装備ボーナス

STR40上昇

INT10上昇

【熱感知Ｌｖ．７】

▼

製作者『楓』

【隠密】所有者専用の手袋

▼

装飾を特注にした事で少しお値段が上がったらしいがそれでも１００万Ｇ。

それまでに大量の素材などを売却して１０００万Ｇ以上も稼いでいた事、ダンシンさんとの鱗の取り引きを考えると安いほうだろう。

「……、芋虫か？」

しっかりとお金をギルドに預けたか不安になり、メニューから所持金を確認した矢先に視界に入った、緑色のブヨブヨ。

１ｍ近くあるその物体はよくあるシャクトリムシのような動きで俺のほうへと近づき……一定距離に達した瞬間に頭を持ち上げて糸を吐き出した。

「うわっ⁉　あぶなっ⁉」

躱した後、当たった先を見ると『ネチャ～』といったような効果音が相応《ふさわ》しいだろう糸がフクロウを木にくく……り？

「フクロウ⁉」

巨大な芋虫に気を取られていたのもあるかもしれないが、俺の【気配感知】などを潜り抜けてきたその隠密性に驚きながらも、もしやこの芋虫助けてくれたのでは……と。

「……ないな」

思い直し、再び俺へと糸を吐き出してきた芋虫に矢を射て倒す。

フォレストキャタピラーを倒しました。

▼ドロップ▼

フォレストキャタピラーの肉×4

フォレストキャタピラーの粘糸×2

2000G

「……肉？」

あまり想像したくない物がドロップしたが、それは気の所為《せい》だった事にしてから未だ木に括《くく》り付けられているフクロウを、周囲を警戒しながら観察する。

「んー……見た感じは普通のフクロウだな」

木の色である茶色に近いような、それでいて糸の色である白色に近いようなフクロウ。

恐らく保護色のような物なのだろうが、これが空中を自由に飛んでいると考えると少し厳しいものがある。

「……【熱感知】も一応発動しとくか」

ついでと言ってはなんだが、ライ達にも警戒するようにお願いした。

これでも無理ならば当分の間は攻略できないだろう。

フォレストオウルを倒しました
▼ドロップ▼
フォレストオウルの肉×1
フォレストオウルの羽×2
2800G

「おっ……」

羽がドロップしたのを確認してから、辺りを警戒して前へ……!?

「なんだ……？」

前方から飛んできた茶色の何か。

俺の矢よりも速い速度で飛んできたそれを矢で撃ち落とし、その先を見据えるとリスらしき何かを見つける事が出来た。

「遠いな……」

距離にして80ｍほど。

高低差がある為、俺があのリスを射るのが距離以上に難しいのは間違いない。

「ライ、頼んだ!!」

少し情けなくは思うものの、これが俺の強みでもあり、精霊と協力して出来た俺の力なのでライに願い、射る。

スクオロルを倒しました
▼ドロップ▼
スクオロルの肉×1
スクオロルの毛皮×1
３０００Ｇ

特殊クエストが発生しました。
『土精霊の興味』
クエスト達成条件は、
1回も死なない。
自分のHPを全損させ得る攻撃を防ぎ、敵を討伐する。
0／1
です。

「は？　まじで……？」

土精霊のクエスト内容は元から知っていたのでなんの疑問もないのだが……。

「あの攻撃、そんなやばかったのか？」

そこまで危険には思わなかった、茶色い何かによる攻撃。

確かに俺のHPは低いが、あれがそんな攻撃力を持っているとは思わなかった。

想像以上にこの迷宮が危険だという事を再認識しながら、フォレストオウルの羽を求めて奥へと進んでいく。

群れで襲ってきたフォレストアントを一掃し、頭上から糸にぶら下がりながら降ってきたフォレストキャタピラーに全力攻撃をブチかまし、背後から来たフォレストオウルをギリギリの所で討伐する……という事を繰り返す事数十分。

11層の攻略が終了し、12層へと移動していた。

想像以上にスクオロルの発生率が低かった事に驚きはしたものの、フォレストオウルが出てくれれば他はどうでも……いや、頭上からのフォレストキャタピラーはやめて欲しいか。

水精霊のクエストを達成するのに必要な討伐数は400体。

【ハンドレッズアロー】などがあるので、必要な矢の本数は減るだろうが400本あるにこした事はない。

のだが……1つの矢に1枚の羽を消費するとしてもあと384枚。

「長いな……」

今日の夕飯時、明日の朝に姉と一緒に鉱山の攻略をする約束をさせられたのだが、それまでに集めるのは厳しいか。

鉱山と言うだけあって鉄などを集める事も出来、そちらにもある程度の時間を取りたかったのだが……仕方がない。

今日、寝るまでの間に出来る限りの羽収集をやってしまおう。

進化の兆し

「……ねむ」

人間、慣れとは恐ろしい物で、いつもどおりにファイが頭上で火の粉を撒《ま》き散らしているというのに俺は目が覚める事もなく、中途半端に寝ぼけたような状態で姉を待っていた。

昨日……というよりも今日、想像以上に興に乗って羽の乱獲をし続けたせいで圧倒的に寝不足な現状。

まあ姉と一緒に鉱山のボス――ミスリルゴーレムを倒しに行くだけだし、ミスってもまあ良いだろう。

元々、俺が〝彼〟に憧れている事ぐらいは姉も知っているし、姉の弱みのような物も結構握っているのだ。

「……ん、んん？」

……と、思っていたのだが。

姉としか思えない見覚えのある見た目のプレイヤーと共に歩いてくる、これまた見覚えのある2人のプレイヤー……というよりも、十六夜《いざよい》さんとレイナさん。

失念していたが、姉と十六夜さんはリアフレなのだからそういった事もあり得るのだろう……が、なんでレイナさん？

姉だけであれば深夜のテンションの勢いそのままに攻略してしまっても問題なかっただろうが、彼女達2人がいるとなると話は完全に変わってくる。

十六夜さんはあまり喋らなさそうなのでまだ良いとしても、雫先輩と交友関係のあるレイナさんに知られてしまうのは死活問題だ。

レイナさん経由で雫先輩に伝わってしまえばどんな顔をして学校に行けば良いか分からないし……それ以前に、弓の扱いが上手く、尊敬しているレイナさんに知られてしまうのも問題だ。

雫先輩の後輩としては情けない姿を見せる訳にもいかないし……姉め、参加プレイヤーぐらい予《あらかじ》め教えてくれ。

「……お久しぶりです、レンジさん」

「あ、お久しぶりです？」

「十六夜さんとパーティを組んでいたのですが……偶々レンジさんとパーティを組まれるようでしたので、来てしまいました。大丈夫でしたか？」

「あ、いえ別にいいんですけど……レイナさんは大丈夫なんですか？」

「ええ、ちょっとした目的もありましたので」

「へぇ……」

視界の隅に入っている姉のニコニコ顔に苛立ちを感じながらも、それを表に出す事なくレイナさんと会話する。

目的が何かは知らないが、この感じだとミスリルゴーレムの討伐も手伝ってくれるのだろう。

楓さんからの情報しかないので詳しい内容は全然知らないのだが、ミスリルゴーレムはその硬さ故に未だほぼ倒される事なくボスキャラとして君臨しているらしい。

数少ない討伐者の内の２人である十六夜さん、レイナさんが手伝ってくれるのであれば本気《ほんき》を出す事なく倒せるだろうが……、

「はぁ……」

「レンジどうしたの？」

相変わらずニコニコしながら問いかけてくる姉を軽くあしらい、十六夜さんに目線を向ける。

色的に……火、土、風、闇……か？

「みんなちっちゃい女の子」

「あはははは……」

俺の頭上を見ていった十六夜さんの言葉を姉が拾うよりも前に受け流す。

十六夜さんは火と土が蜥蜴《とかげ》、風が狼、闇が蝙蝠《こうもり》で１人も人型の精霊がいなかった。

俺の精霊達が自分のイメージどおりの見た目をしていた事を考えると、十六夜さんの各精霊へのイメージはそんな感じだったのだろう。

「んじゃ、人も揃ったし行きますか！」

「おー……？」

鉱山の入り口で、姉が威勢良く声を上げて中へと進み出す。

前衛としては前にいるのは良いと思うのだが、姉とレイナさんは初対面だろうしお互いに自己紹介など……は既に済ませているのか？

レイナさんが苦笑しているという事で済ませていると判断して良いのか……。

「私達も行きましょうか」

「そうですね……」

入った瞬間にアイアンゴーレムを斬り伏せている十六夜さん、ストーンゴーレムを押し飛ばしている姉が視界に入る。

姉のそれは倒せていないし……、

「【インパクト】」

「あーっ!? ちょ、レンジ!?」

「良いじゃん」

経験値なども、レイナさんにパーティへ招待してもらっていた為問題なく姉にも分配されている。

この臨時パーティの目標はミスリルゴーレムの討伐なのだから、道中の敵は誰が倒したって良いだろう。

因みに、ミスリルゴーレムは知らないがここに出るそれ以外のゴーレムはすべて、物理耐性が高く魔法耐性が低い。

……十六夜さん普通に斬り伏せてたな。

「レンジ、レベル高い」

「……そうですか？」

今朝まで素材集めをしていた為俺のレベルは68まで到達しているが、十六夜さんは71、レイナさんは70もある。

姉だけ59と圧倒的に低いが、遅れて始めた事を考えれば充分なレベルだろう。

「うん」

「迷宮でレベル上げていたからですかね？」

「あ……」

先に進んでいないのにどうして、という疑問が含まれていたような気がしたので、ずっといた場所を伝えると、忘れていたといったような顔をした十六夜さんを見る事が出来た。

「十六夜十六夜、私は？」

「……高い、と思う？」

「何その疑問形……」

アホな質問をして困らせている姉を無視し、黙々と敵を倒していたレイナさんを手伝う形で敵を倒していく。

「助かりました。正直MPはそこまで多くないので」

「MPだけは沢山あるんで……道中はお任せください」

「はい、頼りにさせてもらいます」

自ら墓穴を掘った感が否めないが、レイナさんが弓をおろしたのを横目に、鉱山の奥から現れたゴーレムを再び射殺していく。

今回はストーンゴーレムだったが、俺としては鏃の素材となるインゴットを落とすアイアンゴーレムのほうが出てきて欲しい。

そのぶん防御力などが高くなるらしいが俺の攻撃の前ではどちらも大差ないのでそこらへんは一切問題なかった。

「姉ちゃん、行くよ」

「ん？　あ、そうね。行くわよ十六夜」

「ん」

再び、後ろにいる俺とレイナさんを気にせず先へと進んでいく姉に呆れに近い物を覚えるが、意趣返しと言わんばかりに姉が近づくよりも前にすべてのゴーレムを討伐していく事で憂《う》さ晴らしをする。

「ちょ、レンジ！　私も倒したいんだけど!?」

「こっちのほうが速いし良いでしょ」

「いや、確かにそうだけど!!」

突っ込んでいく矢先に敵が倒れてしまうのだから姉としては楽しくないのだろう。

「そういえばレイナさん」

「はい」

「レイナさん達はどうやってミスリルゴーレムを倒したんですか？」

素材集めというやりたい事があったとはいえ、相当硬いと聞いていたので未だに挑戦しておらず、姉の誘いにも乗ってしまったミスリルゴーレム。

レイナさん達の攻略方法を聞けば楽に討伐出来るのは間違いないだろう。

「あー……そのですね、偶々です」

「え？」

「ミスリルゴーレムには核があるのですが……偶々貫く事が出来まして」

「あぁ……」

俺みたいに数で攻めるのではなく、一撃の重さを重視しているであろうレイナさんだからこそ出来るような技に、思わず溜息を吐く。

「そういえば……レンジさんの弓は市販の物とは違うようですが……」

「これは自分で作ったやつですね。そういうレイナさんも」

「私はユウさんに作ってもらった物です」

ユウさん……確かに俺もポーションをもらったりしているし、生産がメインだろうから作っていてもおかしくないだろう。

ユウさんなら自分の物だけ高レア度の武器になったりしたらすぐにレイナさんに報告するだろうし、精霊がいるからこそ出来た高レア度武器についてはわざわざ話さなくても良いか。

「もうすぐつきますけど……お姉さんには倒させてあげなくて良いんですか？」

「たぶん20体は討伐しているでしょうし……良いです」

未だ1体も討伐出来ず、俺へと詰め寄るか前にいる敵へと突っ込むか思案している姉を横目に、敵を吹き飛ばす。

「ちょ、レンジ!! そろそろ私も戦いたいんだけど⁉」

「ボス戦で壁役出来るだろ……」

「んー……そっか、なら良いかな？」

それから数分もしない内にボス部屋の扉へとたどり着く事が出来、そこで事前に連携の取り方などを話し合う事になった。

「いつもであれば十六夜さんに避けタンクみたいな事をやってもらっているのですが……」

「今日は私もいるしね！ タンクは任せてよ」

「はい、お願いします。で、レンジさんなのですが……準備は出来ましたか？」

「はい。お待たせしてすみません」

連携の取り方を話し合う間にやらせてもらっていた、【チャージ】の事前発動。

レイナさんが一点突破ならば俺は数の暴力で押し切るだけなので、今回の場合は先制攻撃を俺に譲ってもらった。

既に一度倒しているレイナさんと十六夜さんからは軽く許可を取れ、姉に関しては巻き込むよと言ったら笑顔で先制攻撃を譲ってくれたので問題ないだろう。

「じゃあ……ルイさん、お願いします」

「んじゃ、開けるよ！」

レイナさんが姉に許可を出し、それを聞いて姉がボス部屋の扉を開ける。

広さ的には迷宮のボス部屋と同じぐらいだったので、外側付近にいないと余波がやばいかもしれないが……、

「【精霊魔法：火】【火精霊の加護】【精霊魔法：風】【風精霊の加護】【精霊魔法：闇】【闇精霊の加護】」

「【ハンドレッズアロー】【インパクト】【ペネトレイト】」

「ちょぉぉぉおおお⁉⁉」

俺の話を聞いていなかったのか何故か前へと突っ込み、爆風で盾ごと後ろへと吹き飛ばされる姉。

十六夜さんとレイナさんはしっかりと俺の横に待機し、何故か突っ込んでいった姉に呆れた目線を向けていた。

「……流石に倒すのは無理か」

部位的に細くなっている足、腕、頭の部分は吹き飛び、ミスリルゴーレムは抉《えぐ》れた胴体のみが残った完全なだるま状態になったが、未だに倒す事は出来てはいないようだった。

「運が悪いですね……今ので倒せないとなると核は最深部にありそうですし……」

「ちょ、レンジ⁉」

「なんで突っ込んだの、姉ちゃん……」

「いや、ちょ！　レンジ‼　これ、盾役いらなくない⁉」

「そっち……？」

爆風で吹き飛ばした事に対して何か言ってくるのかと思えば、そんな事を気にしていた姉に再び

呆れた目線を向ける。

「……構えてたら？」

「いや、動かない敵から何を防ぐの⁉」

「……レーザー？」

俺のレーザーという言葉を聞いて姉は十六夜さんとレイナさんに視線を向けるが、ふたりとも首を横に振ったという事はそういった攻撃はないのだろう。

「え、もしかして私やる事ない？」

「一応貢献しないと討伐判定にはならないと思いますので……少し胴体に攻撃していただけると」

「……レンジ、私ＶＩＴ特化でやる事ないんだけど？」

レイナさんからのアドバイスに素直に従って、剣でバシバシとミスリルゴーレムの胴体部分を叩き、俺へとふてくされながら声を掛けてくる姉になんとも言えない気持ちになるが……、

「そもそもなんで突っ込んだんだよ……」

「え、だって後衛の攻撃直後に攻撃すれば倒せるかなー……って。矢が爆発するとは思わないでしょ‼」

「前見せただろ」

「ごめん覚えてない」

「……」

目を逸しつつそう言った姉を見て、確実に覚えてるなとは思ったものの声には出す事なくジーッ

と目線を向け続ける。

流石にその目線には姉も堪《た》えられなかったようで……。

「さっ、レンジ倒しちゃって！」

「いや、レイナさんと十六夜さんがまだダメージ与えてないし、俺じゃ倒せないだろ」

もう一度同じ攻撃をしても良いのであれば倒せるだろうが、レイナさんと十六夜さんがいるのだから、わざわざそんな事をしたいとは思わない。

それに、もう充分攻撃はしたのだからこれ以上ボロを出す……ではなく、目立つのは嫌なのでやる必要がない。

ミスリルゴーレムの防御力を考えれば、俺が倒すには先ほどと同程度の攻撃をぶつける必要がありそうだが、十六夜さんとレイナさんに見せつける意味はないのだ。

後は2人に任せて良いだろう。

「後はお願いします」

「任せてください」

「……ん」

颯爽《さっそう》とミスリルゴーレムの元へと駆け出し、斬りつけ始めた十六夜さんに、正確な攻撃で全く同じ場所に射続けて掘り進めていくレイナさん。

それから数分も経たない内に核らしき物が露出し……、

フィールドボスを倒しました。
▼ドロップ▼
ミスリル鉱石×4
壊れた魔核×6
2000G
レベルが上がりました。
▼MVP報酬▼
ミスリル鉱石×7
10000G

討伐通知が鳴り響いた。

「お疲れ様です」

「お疲れ様です」

「おつかれ」

レイナさんに続き俺、十六夜さんも軽く言葉を交わすが、姉は未だに納得がいかないのか、1人ムスッとしていた。

「……姉ちゃん？」

「レンジ抜きでもう一回やりたいんだけど」

「……そうですね、私は問題ないですが十六夜さんは……」

「問題ない」

「なら……」

「んじゃ、俺はやりたい事とかもあるので、抜けますね」

「はい、お疲れ様です」

「ん」

姉の態度を見て2人に迷惑を掛けないか不安になるが、寝不足な現状、どんな事を口走ってしまうのか分からないので……まあ俺がいなくなれば問題ないだろうと判断し、早々に退散する。

現在持っているフォレストオウルの羽は179個、鉄鉱石が86個。

鉄鉱石次第ではあるが、100本近くの矢を作れるのは間違いなく、本数だけで考えれば水精霊を発生させられる圏内だったので一直線に第6の街の共同生産場に行き、部屋を借りる。

一応鉄鉱石を製錬？　する為の炉《ろ》など色々と借りる物もあり、今までの中では一番値段が高くなってしまったが数万G程度であれば問題ない。

攻略サイトのような物で見たとおりの手順で鉄鉱石を鉄インゴットへと製錬し、鉄インゴットを鏃の形へと変形させていく。

この為だけに買った何種類かのハンマーもあったのだが、ファイが想像以上の活躍で鉄インゴットを鏃の形へと変えてくれたりしたので、俺のやる事はそこまで多くなかった。

「……一応、鏃は出来たかな？」

最初のほうはファイもやり方が良く分からなかったのか品質が低いが、大体平均して★5、B品質の鏃が数百近く出来上がった。

「【加工】」

最後の仕上げといった感じに【加工】で強度や鋭さを上げ、ヤミ、ファイ、ライに加護をかけるようお願いする。

『鉄の鏃』☆☆☆☆☆
品質：SS（B）
下級火精霊
下級闇精霊　に加護を与えられた鉄の鏃
下級風精霊
炎症付与：小
風の防壁：小
MP吸収：小
これを素材とした物の格が3つ上がる。

条件を満たしました。
風精霊の進化が可能です。
▼中級風精霊
▽下級雷精霊

特殊クエストが発生しました。
『雷精霊の興味』
クエスト達成条件は、
1回も死なない。
ソロで5分以内に街から街へ移動する。
0／5：00
です。

「っえ？」

想定外の通知に、口から変な音が漏れ出る。

雷精霊……？

ライはライムでライなのだが……こうなったのならば雷精霊にするしかない。

何故今このクエストが発生したのかは不明だが第5の街から第6の街への距離は……体感的には1番短い。

これはやるしかないだろう。

一先《ひとま》ずは火、闇のクエストも発生するかもしれないのでそのまま矢の製作を続けていく。

最終的に……、

『精霊の矢』☆☆☆☆☆☆☆☆
下級火精霊
下級闇精霊　に加護を与えられた鉄の鏃
下級風精霊
炎症付与：小
火炎耐性：小
貫通力強化：小
風の防壁：小

速度上昇：小
命中補正：小
ＭＰ吸収：小
視認阻害：小
回復阻害：小

想像以上の矢が出来上がった。

「……やっぱ、凄いな」

どれも、効果としては目に見えて、という物ではないだろう。

が、この矢を獲得した事でより一層、俺が強くなれたのは間違いない。

「ありがと！」

加護をかけてくれたファイ、ヤミ、ライにお礼を言い、反応を見て頬を緩める。

……といっても、直接反応を見れたのはファイだけで、ヤミ、ライは相変わらず頭の上にいるだけで髪の毛を引っ張られるぐらいの反応を感じる事しか出来なかったけれども。

そして、新たに発生した雷精霊のクエスト。

火精霊の場合は中級火精霊か下級炎精霊、闇精霊の場合は中級闇精霊か下級影精霊。

正直、両方共に下級に進化させるほうが気になるのだが、名前的には中級にするべきな気がするのでそうする予定だ。

まあ、クエストをクリアするにこした事はないので……まずは第５の街と第６の街の全力往復、その後は第６の街の先にあるという試練の森で、この１５０本の矢を使ってクエストを発生させよう！

その先

第５の街と第６の街の往復を終わらせ、第６の街周辺の草原のボスであるグランドタートルを倒した後、俺は一先ず第６の街の共同生産場へと戻ってきていた。

「……どうするか」

すぐに進化させるかを悩んでいるのはいくつか理由があるのだが、ライを雷精霊にした時、今まで使っていた風精霊による命中補正はどうするのか、というのが俺の中では1番の理由だった。

「……」

進化出来るのにしようとせずに少し下を見ている俺を不思議に思ったのか、ライが上から覗き込んでくるが……、

「そっか、そうだよな。……そもそもライが強くなれるんだ、やらない理由がないか」

雷精霊にすると決めたのだから、ここで悩む理由はない。

【精霊王の加護】の中の能力の1つに、変異種の同時召喚制限の解除といったような物もあったから、雷精霊にしたからといって風精霊を一生使えなくなる訳ではないのだ。

「じゃあ……ライ、進化するよ。雷精霊……うん、ライにピッタリだ」

何かを感じ取ってか、俺の目の前で浮遊し始めたライの前で、進化画面を表示する。

風精霊の進化が可能です。

▼中級風精霊

▼下級雷精霊

今までとは違い、下級雷精霊も選択出来るようになっているのを確認しながら、ライを一目見て、下級雷精霊の文字をなぞる。

突如発生した雷で出来た蕾《つぼみ》、それに包まれていくライに少し不安を覚えたものの、初めて召喚した時と同じような雰囲気だったので、手を出す事なく見届ける。

初めて召喚した時同様、蕾がクルクル回り、開き始めた。

少し雷感を出し、色が全体的に黄色になったライ。

下級雷精霊『ライ』の変異が完了しました。

風精霊の召喚が可能です。

「〜〜♪」

「え」

……え。

変異させる前までの俺の悩みはなんだったのかと思わされるような、通知音と共に目の前に発生した文字……って。

「ライ、音出した⁉……嘘でしょ、話せるようになるの⁉」

「〜〜」

未だ声にはなっていないものの、確実に音を発しているライに、それを羨《うらや》ましげに見つめるファイにヤミ。

正直、音を出せるようになるとは思ってもいなかった。

どうやら今はまだ話す事は出来ないようだが……いずれは会話をする事も出来るようになるのだろう。

音を出せるようになったのが変異のおかげなのか、一度蓄に包まれたおかげなのかは分からないが、羨ましそうにライを見つめるファイ、ヤミを見るとすぐに進化をさせてあげたくなる。

「……するか」

未だ炎精霊、影精霊のクエストをクリアしていないとはいえ、炎、影の精霊になってもらう予定はないのだ。

今進化してしまっても何も問題ないだろう。

「んじゃ、進化するよ。出来ればヤミとファイも音を……なんなら会話出来るようになってくれたら嬉しいんだけど」

ヤミ、ファイが俺の声を認識して目の前に浮かび上がったのを確認してから、それぞれの前で進化の文字をなぞり、進化するよう促す。

闇属性が特別なのか、ヤミだけは闇で出来た卵に包まれる形となったが、ファイは炎で象《かたど》られた蕾に包まれ……各々で進化を果たした。

「「「〜〜〜♪」」」

「おぉ!! ヤバい!!……ヤバいこれ!!」

全員が少し違う音色ではあるものの、音を発する。

この感じだと進化、変異にかかわらず一度変われば音を発するようになるのだろう。

次は話せるようになるのだろうか？

そうなれば、〝彼〟のように精霊と作戦を立てたり、他愛もない会話をする事が出来るようになる。

全属性の精霊を召喚する事が目標で、精霊達に関する〝その先〟が見えていなかった俺にとって、これほど嬉しい事はない。

早く進化してもらう為にも更に魔力を供給し、仲良く話せる為にも親睦を深めておく必要がある。

……楽しみだ。

「……で」

問題の風精霊。

「これは……召喚しても良いのか？」

出来るのだから駄目という訳ではないだろう。

が、ライになんの影響もないとは限らない。

「んー……まあするだけしてみるか」


下級風精霊の名前を決めてください。

『　　』


「イム」

俺の声を聞き取ってか自動で文字が記入され、それが風で出来た蕾へと吸い込まれていく。

若干見慣れた光景ではあるが、その幻想的な光景に目を奪われ……徐々に花開いていく蕾の中からライに似た少女が現れた。

イムは俺の頭上に目線を向けると一直線で向かっていき……ライを引きずり下ろして飛び回り始める。

ライはだるそうだが、振りほどくほどではないという事は問題といった問題は発生しなかったと判断して良いのだろう。

因みに、ステータス補正は変異した場合が今まで同様10秒1MP消費で1割上昇。

進化した場合が10秒3MP消費で3割上昇だった。

「……じゃあ、試練の森に行くか」

一度ここへと戻ってきた二番目の理由である、原因不明での死亡。

試練の森は敵に遭うよりも前に、『状態異常：麻痺・吸血』によって死んでしまうらしい。

森なのだから原因は蛭《ひる》だとは思っているが、そのぐらいは誰でも思いつく事なので俺はその対策を練るべく、一時的に第6の街へと戻ってきていたのだ。

結局は対策など思いつかず、HP回復薬で頑張って対応する事にしたのだが。

「……さて、入るか」

150本の自作の矢、そして自作の繋精弓……宝玉の色が何故か薄い緑色から黄色へと変貌しているが……これで敵を倒し続ければ水精霊のクエストを発生させられるはずだ。

「じゃあ、行くか」

【隠密】、【気配隠蔽】などのスキルを発動し、試練の森へと入っていく。

今までの深淵《しんえん》の森、吸魔の森とは違って入り口が複雑に絡み合った木の隙間という狭い場所で、そこを抜けると暗闇が広がっていた。

持っている【暗視】、所々に存在する木洩れ日のおかげでなんとか視界を確保する事が出来ているが……想像以上に不気味な雰囲気だ。

ステータスを開き、『状態異常：麻痺・吸血』にかかっている事を確認してから、【気配感知】、【気配探知】【熱感知】を駆使して蛭を全身くまなく探していく……のだが、

「いないな」

相当隠れるのが上手いのか、それともそもそも存在しないのか、蛭を見つける事は出来なかった。

1秒辺りにHPが1減っていくこの状態異常。

HP回復薬で充分持たせられる削れ方なので、このまま予定どおり進んでいく。

精霊のクエストは死んでしまえばリセットされるが、HP回復薬さえ気にしていれば死なないだろうと思ったのだ。

「ファイ達……蛭を見つけるのをお願い出来る？」

一応ファイ達にも見つけられるか訊ねるが微妙な反応しか返って来なかった。

イムが弓を指して何か伝えたそうにしているが、吸血を考えればそこに蛭がいるわけがない。

「んー……じゃあ、進むか。ファイ達も好きなようにやっちゃっ、でっ⁉」

【気配探知】に引っかかった攻撃を屈む事でギリギリの所で躱し、一撃射返す。

「ハチ……か？」

この森では【隠密】発動が前提となっているのか、【気配探知】をもってしても見失いそうなぐ

らい影が薄いハチを注視し、名前を見る。

デスワスプ……他にもスタッグビートルにデスマンティス、デスホッパーなど様々な名前の魔物がいるが……、

「【ハンドレッズアロー】【インパクト】【ペネトレイト】」

それらすべてを、木ごと一掃する。


デスマンティスを3体倒しました。

デスホッパーを5体倒しました。

デスワスプを2体倒しました。

スタッグビートルを3体倒しました。

デスビートルを4体倒しました。
▼ドロップ▼
デスマンティスの肉×7
デスマンティスの鎌《かま》×1
デスホッパーの肉×13
デスワスプの針×1
スタッグビートルの肉×9

スタッグビートルの甲殻×2
デスビートルの肉×7
デスビートルの甲殻×4
16000G
レベルが上がりました。

試練の森表層の初討伐者になりました。
▼報酬▼
称号【初討伐者（試練の森表層）】
STP5
SKP5
スキルレベル限界上昇チケット×1
10000G

「あと83体……余裕だな」

ヤミが進化した事でMP総量が増えたとはいえ、未だ少ないのでMP回復薬をすぐに飲んで回復させる。

と言っても、最近のレベルアップぶんはすべてMPに振っていたのでヤミの効果を合わせると5000を超えているのだし、ケチる必要はないだろう。

「さあ、もう1発【ハンドレッズアロー】【インパクト】【ブラスト】」


デスマンティスを4体倒しました。

デスホッパーを4体倒しました。

デスワスプを5体倒しました。

スタッグビートルを1体倒しました。

デスビートルを6体倒しました。
▼ドロップ▼
デスマンティスの肉×8
デスマンティスの鎌×2
デスホッパーの肉×11
デスワスプの針×3
スタッグビートルの肉×2
デスビートルの肉×9

デスビートルの甲殻×6
19000G
レベルが上がりました。

「20体か……」

HP回復薬を飲んで再びHPを100に戻してから、辺りを見渡す。

入り口から入ってすぐの所でスキルを2連発で使った為、だいぶ見晴らしが良くなり頭上から光が差し込むようになったが……、

「敵の姿が見えぇッ!?」

何処から飛んできたのか、頭上から降り注いできたバッタの巨体を矢で吹き飛ばし、

「【ペネトレイト】」

お腹に一撃を食らわせる。

デスホッパーを倒しました
▼ドロップ▼
デスホッパーの肉

９０００Ｇ

「……開けた事で飛んできたのか」

今までは木という壁が頭上に存在した為、上からの攻撃を警戒する必要はなかったが、これからはこういった攻撃も気にしなくてはいけないのだろう。

纏めて倒してしまった為それぞれの強さが分からないが、一撃で20体も倒せてしまった事を考えるとこのまま奥へと進んでいくのは少し厳しいかもしれない。

「……、まあ進んでみるか」

先ほどのデスホッパーを倒した後、土精霊のクエストのクリア通知が来なかったという事はあの攻撃は俺のＨＰを削りきれないという事になる。

流石にすべての魔物の攻撃力がその程度だとは思わないが、少しぐらい奥へと進んでみるのもありだろう。

「ファイ、ライ、ヤミ、イム、周囲の警戒をお願い」

精霊達にも周囲への警戒をするようにお願いし、中へと、未だ木が生い茂っている部分へと入っていく。

至る所に存在する様々な気配。

その内の１つが一直線に此方《こちら》へと向かってきているのに気付き、未だ倒していない新たな魔物かと警戒し、矢を番《つが》える。

「……」

が、現れたのはカマキリ、デスマンティスだった。

他の魔物と違い一直線に俺へと向かってきたのだから何かあるのだろうが、振り下ろされる鋭い鎌を躱し、時には矢で弾き返して……、

「【ダブルショット】【ペネトレイト】」

頭に矢を射る。

デスマンティスを倒しました。
▼ドロップ▼
デスマンティスの肉×3
デスマンティスの鎌×2
10000G

特殊クエストのクリア条件を満たしました。
『土精霊の興味』

▼報酬▼
称号【土精霊の観察対象】
STP5
SKP5
スキルレベル限界上昇チケット×1
10000G

特殊クエストが発生しました。
『土精霊の関心』
クエスト達成条件は、
1回も死なない。
自分のHPを全損させ得る攻撃を防ぎ、敵を討伐する。
0／2
です。

「あの攻撃……まあ、そりゃそうか」

デスマンティスの鎌の攻撃が俺のＨＰを全損させ得る事に納得しながらも、勝利の余韻に浸っている余裕も暇もない為、すぐに切り替える。

「……囲まれているな」

想像以上の数の魔物に囲まれ、逃げ道が存在しなくなっている現状。【ハンドレッズアロー】を使えば一方向の魔物は一掃出来るだろうが、その隙に他方向から攻撃されかねない。

「【ハンドレッズアロー】【インパクト】【ブラスト】」

……かと言ってこの数の敵に【ハンドレッズアロー】を使わない訳にもいかず、出口の方向にいた魔物達を一掃し、そちらへと駆け出そうと――、

「ッ⁉」

――した所で、頭上から複数の鎌が振り下ろされる。

「……やばい」

左右、そして前、後ろからも来たデスマンティス。

カブトムシにクワガタもこの森にいるのだが、恐らく頂点に位置するのはこのカマキリなのだろう。

俺という獲物を他に渡したくないのか、他の魔物達を掃討し始めたカマキリ達。

水精霊のクエストを考えると、俺の獲物を取るなと言ってやりたくもなるが、そんな冗談を言っていられる余裕もないぐらいに状況が緊迫している。

「……」

動けない。

前のデスマンティスを射ようとすれば、後ろのデスマンティスに斬り伏せられるだろう。

狙い目はデスマンティス達が動き出した瞬間なのだが……いや。

「攻撃!!」

長ったらしく言ってる余裕もない為、端的な命令となってしまったがそれで伝わったらしい。

ファイ、ライ、ヤミの3人がそれぞれの三方向へと全力攻撃をくらわせ、その隙をついて残りの一方向に【ハンドレッズアロー】をくらわせて吹き飛ばす事に成功した。

後はファイ達がダメージをくらわせた三方に……、

「【テンスアロー】【チェイサー】【ペネトレイト】」

クールタイムの影響で別の攻撃とはなってしまったが攻撃をして、倒し切る。

ファイ達の強化された攻撃力によって既に瀕死状態となっていたデスマンティスはすべて倒す事が出来たが、それでもまだ沢山のデスマンティスが周囲を囲っていた。

……イムがしっかりと俺の視界に入りながら不貞腐れているのだが……それはどうすれば。

「ちっ、ファイ達、ちょっとガチで頼む。流石に不味い」

MPが心許なくなってきたのでMP回復薬を飲む。

ファイ達が頑張って作ってくれた合間をついた休憩……と考えたのだが、数体程度のデスマンティスが倒れていた。

「……想像以上だな」

想像以上にファイ、ライ、ヤミの攻撃力は高かった。

恐らくファイの攻撃力が精霊内では圧倒的に高いのだろうが、それでも雷を纏った火の玉などを見ると、精霊達による連携技のような物があるのだろう。

「……ファイ、ライ！　矢に、纏える!?　……ッし、なら頼む!!」

声をかけると共に、１本の矢を射た。

ファイ達が良さげなリアクションをしたのを確認し……結果を、矢に纏わりついた雷が迸《ほとばし》る炎が示した。

「よっしゃ!!　ファイ、ライ！　ほんっとうに助かる、以降もお願い!!」

ヤミに俺の姿を闇に隠す事をお願いし、イムに矢のコントロールをお願いして、連続して普通に矢を射ていく。

上手く当てれば一撃で倒せるその攻撃は、ＭＰ消費が激しいぶん、デスマンティスの群れに多大なダメージを与える事に成功していた。

最終的に、まだここで水精霊のクエストを狙うのは早かったのだろうと思わされるぐらいにギリギリな戦いをした後、すぐに森から抜け出した俺は……ファイに全身を燃やしてもらう事で蛭の存在を確認し、水精霊に関しては第５の街迷宮で狙う事にしたのだ。

姉とクラン

「イム？」

試練の森での水精霊のクエスト狙いを断念した俺は、何故か再び第6の街の共同生産場にいた。

一応俺の周囲にはいてくれているのだが不貞腐れているイムを、どうにかしなくてはいけないと考えたのだ。

「……イム？」

ライ、ヤミは我関せずといった態度なのだが、ファイは全力でイムの事を励まそうとしてくれていた。

……何故か逆効果のようだが。

「んー……」

イムが不貞腐れている理由がよく分からない。

1人だけ進化、または変異していないからとは最初の頃を顧《かえり》みれば考えられないし、1人だけ攻撃に参加出来なかったからだとも考えづらい。

イムは攻撃をする前から若干拗《す》ねていたような気もするし、それで攻撃に参加しなかったような気がするのだ。

「……」

イムの今までとってきた行動、俺が今までイムにしてきた事を思い返す。

「んー……弓、か？」

イムの身体が若干反応したので、それで間違いないのだろう。

だが、蛭が弓に……あ。

「イム、この弓に加護をお願いしても良い？」

黄色、紫色、赤色に光り輝く宝玉を見た直後にイムが弓を指差したような気がするし、イムは自分の宝玉が欲しかったのだろう。

満面の笑みを浮かべ、光りだした弓に触れているイムを見て、その判断で間違っていなかったと確信する。

「よし……じゃあ迷宮に行くか」

機嫌が直ったのか、頭上にいるであろうライの元へと飛んでいったイムを確認してから第5の街迷宮への移動を開始する。

道中、一撃で狩れそうな敵、纏めて狩れそうな敵などは討伐しながら進む事数分、ようやく目的の第5の街迷宮、18層へと移動する事が出来ていた。

今日の昼は姉が作るとはいえ、昼までの時間は残り少ない。

出来る限りの範囲で狩り尽くしてしまおう。

「『いただきます』」

あれから数十分後、水精霊のクエストを発生させはしたが、未だクリアはしていないといった状況で一度ログアウトし、姉の作ったうどんを食べていた。

「そういえば、もう一回の攻略どうだった？」

「んー？　まあまあ？　レンジ抜きでもなんとかなったわよ」

「へぇー」

どう考えても手抜きである、具もワカメと卵ぐらいしか存在しないうどんに関しては突っ込まず、ゲームの話を続けていく。

「そういえば……レイナちゃん？　いや、レイナさんかな？　がレンジの事結構気に入ってたよ」

「へー」

「……反応薄いわね」

「んー、嬉しくはあるけど、ただ弓の仲間だからってだけだろうし」

まあレイナさんに気に入られる。

レイナさんは普通に美人だし、たとえ弓を使っているからという理由だけであっても嬉しい限りだろう。

俺としてはレイナさんに認められる、褒められるといったような感じのほうが弓の力を認められているような気がして嬉しいし、気に入られる程度であれば反応は薄くなってしまっても仕方がない。

なんならユウさんのほうがレイナさんのお気に入りだろうし……っと。

「なんでそんな話を？」

「まあまあ。レンジ、クランは？」

「クラン？……あー、誘われはしてるけど全部断ってる」

「へ、へぇー……因みに、私が建てるって言ったらどうする？」

「他のプレイヤーに迷惑が掛かりそうだから止める」

「……」

姉がクランを作る……たぶん未だフリーの十六夜さんは強引に入れられるだろうし、レイナさんもしかしたらそうなるかもしれない。

十六夜さんやレイナさんに迷惑を掛ける訳にはいかないし、止めるのが正しい選択肢だろう。

「十六夜が作るって言ったら？」

「十六夜さん？……どうだろ、誘われたら入る、かな？」

十六夜さんだったらノルマ的な物はあまり存在しないだろうし、他のクランに誘われても断る口実が出来るから入るかもしれない。

それに何よりも、十六夜さんの性格的にソロプレイを続けられるだろうから、俺の〝彼〟への憧れ、ちょっとした厨二心が露呈する事は絶対にないだろう。

まあ、誘われない限りは入らないと思うが。

そういえばレイナさんはクランを作るみたいな話をしていたけれど……姉はレイナさんに何か伝

えるよう頼まれたのだろうか？

「レイナさんがクラン作るの？」

「んっ!?……ま、まあそうなんだけど、よく分かったわね」

「いや、レイナさんの話とクランの話があったら考えられるでしょ……で、なんだって？」

「クランを作るから参加しないか？　だってさ。ノルマとかはないらしいし、サブマスはユウ？　って子と十六夜がやるから、レンジは形だけでも在籍してくれれば良いんだって」

「へぇー」

レイナさんがそう言ったのならノルマがないのは間違いないだろうし、俺も参加しない理由がない。というよりも、この感じだと姉が参加しそうだし身内として参加しておかないと何かまずい事が起きるような気がするのだ。

「……姉ちゃんは参加するんだよね？」

「当たり前じゃない。十六夜もいるんだし、レイナさんにも誘ってもらったしね」

「……まあ良いか。じゃあ、レイナさんに参加するって伝えといて。一応自分でも伝えるけど、姉ちゃんからも言ったほうが良いでしょ？」

「分かった」

レイナさんの策的な物に嵌《はま》った気がしないでもないが、別に悪い物に嵌った訳でもないのだし、そこまで気にしない事にする。

「そういやレンジ、イベントはどうするの？」

「イベント？……気が向いたらかな？」

「へぇー……」

姉は恐らく、1週間後にある闘技イベントの事を言っているのだろう。

一応順位で景品的な物が選べるらしく、その中には俺好みの精霊を強化してくれる耳飾りやファイ達が好みそうなパックァなどのフルーツ盛り合わせなど、色々な物があった。

「……いや、参加するかも」

「私も参加するつもりだし……レンジも倒しちゃうわね」

「……まあ頑張って」

「うわっ、何その態度。絶対倒す」

流石に姉に負けるとは思えないし、ファイ達の事を考えると参加するのが良いだろう。

あまり人目につきたくはないが……全部速攻で倒してしまえば何も問題ない。

何か騒いでいる姉を尻目に食器を下げ、手洗いをしてから部屋へと戻ってゲームを再開する。

そろそろ光精霊を手に入れる方法も探していきたいな。

クラン、か……。

流石にレイナさんが何か罠に嵌めてくる事はないだろうし……いや、姉がいるからそんな前提も崩れる。

早まった、か？

まあ……なんとかなるだろう、と気楽に考えた俺はゲームを再開した。

〝彼〟へと至る道

特殊クエストのクリア条件を満たしました。
『水精霊の興味』
▼報酬▼
称号【水精霊の観察対象】
STP5
SKP5
スキルレベル限界上昇チケット×1
10000G

特殊クエストが発生しました。
『水精霊の関心』
クエスト達成条件は、
1回も死なない。

自作の★★★★以上の武器のみで敵を倒す
0／200
です。

「あとちょっと……」

土精霊に関してはスクオロルの一撃を一度くらいかけているので、あと1度のみでクリア出来るという、全力で周辺の魔物を乱獲したくなるぐらい残りわずかな状況まで来る事が出来ていた。

水精霊の200体。

基本的に1体1体で来る事が多かった迷宮内の魔物のせいで、残り本数は20本ぐらいしかないのでもう一度矢を作ってくる必要があるかもしれないが、素材は充分ある。

視界の隅に入ってきたフォレストオウルを射殺し、弾丸のように飛んできた茶色い物体を弾き返してからスクオロルを討伐し、フォレストアントの群れを一掃する。

「……ん？……あ。っし来た!!　ようやくだ!!」

【土精霊の加護】を得る事が出来た事でテンションが上がったまま狩りを再開する。

こちらに気付いてすらいないフォレストオウル、フォレストキャタピラーにヘッドショットを決めてからフォレストアントの群れを一掃し、『ハヤテ』という名の変なフォレストオウルを……ってあれフォレストオウルじゃやねえ!?

「……」

『ハヤテ』という名があるという事はプレイヤーかNPC……な訳もなく、確か調教師か召喚師の従魔も名前があるんだったか？

「誰だっ⁉　俺のハヤテを殺したのは！」

名前が表示されたのは見間違いであって欲しかったのだが、そんな上手くいく訳もなく、『ハヤテ』の主らしき男の声が、森一帯に響き渡った。

その声を聞きながら俺は、弓矢に【回収】で完全犯罪が出来るんだなぁと場違いな事を考えていた訳だが、流石にこのまま逃げる訳にもいかず姿を現す。

【召喚】『クル』‼　クル、さくて……お前、いつからそこにいた」

「あー……ごめんなさい、誤射しました」

青髪の、俺と同年代に見える召喚師の青年。

出会い方が違えば召喚師について詳しく尋ねたい所だったのだが、今は間が悪すぎた。

落ち着け、向こうからしてみれば突如従魔を殺した人間には間違いなく……確か召喚師は魔石だったか、を使って召喚するはずだったので……それを渡せば許してもらえるか？

もし、あのハヤテという従魔が必須パートナーか何かだったりするのならもっとたくさん払う必要があるような気もするが……。

「オーガの魔石を差し上げますので許してください」

一先ず、オーガの魔石を手に持ち、青年のほうへと差し出す。

見た目だけでオーガだと証明する方法はないが、そんじょそこらの魔石よりは大きいオーガの魔石。

一応アサシンスネイクやポイズンスネイク、ゴブリンジェネラルなどの魔石も持っているが……俺が持っている1個しかない魔石の中で一番価値が高そうだったのがオーガだったのでオーガの魔石を渡したのだが……アサシンスネイクの魔石などのほうが良かっただろうか。

「は？　オーガ？　え？」

「足りなかったらアサシンスネイクとかも……」

「ま、待て落ち着けお前。日本語喋ろーな？　な？　そんな希少品気軽に渡して良いもんじゃねえから、な？」

希少品……と言われても、アサシンスネイクの魔石など5、6個は持っているので困ってしまう。

確か召喚師という職業は運が結構絡んでくるらしいので、アサシンスネイクの魔石ですらもゴミに為り変る可能性がある訳だから……希少品というのは間違っているような気がする。

「……って、お前が下手人か!?」

「下手人って……まあそうです」

「あー、いや、敬語はやめてくれ。てか、やめろ。あと、出来るならその魔石とか売ってくれると……」

「殺しちゃったお詫びで上げるんだけど……」

ナオと同じような気配を感じたので、敬語をやめろと言われた事もあり、タメ口で話し掛ける。

「え、まじで!?　ならもう少しもらえたり……」

「じゃあオーガとポイズンスネイク、アサシンスネイクを上げる代わりに召喚師について、ついでにどうやって召喚するのか教えて」

「そんなんでいいなら!!」

水精霊が未だ終わっていないので早くそちらをやりたくはあるものの、召喚の方法を知れるという次がいつになるか分からない機会に恵まれたのでこちらを優先させる。

ハヤテを殺された怒りは何処に行ったのかと言わんばかりに満面の笑みを浮かべてトレードで魔石を受け取った、ソラという名の召喚師を現金だなと思わないでもないが、それを口に出して召喚方法を教えてもらえなくなると困るので口をつぐむ。

「あー、そうだ。召喚師、ソラだ。よろしく」

「連撃士のレンジです、よろしく」

「ん?……その職業は聞いた事がないんだが……」

「弓士の上位職業」

「弓士!? お前、弓使えんのか?」

「え? あ、まあ」

言うべきじゃなかったと思うぐらいに食いついてきたソラに違和感を覚えながらも、使って見せて欲しいと言われたので、遠くを飛んでいたフォレストオウルを射る。

「うわ……すげぇな。レンジ、お前他人に弓を教えられたりするか?」

「教えるのはちょっと」

「だよなー……俺の幼馴染が弓上手く扱えてなくて困ってんだが……無理を承知でお願い出来ないか？」

弓を教える人で一番最初に思い浮かぶのがレイナさんで、レイナさんがこのゲームをやっている以上俺が教えるのはちょっと厳しい物がある。

それに、他のプレイヤーと一緒に行動するのは色々と厳しい。

その幼馴染さんとレイナさんを引き合わせる事ぐらいなら出来るかもしれないが……、

「ソラ、クランって入ってる？」

「ん？　いや、幼馴染が弓使いのせいか何処も断られちゃうから入ってない」

「入る気は？」

「そりゃ、普通のクランで充分だから入りたいとは思ってる」

取り敢えず、レイナさんに弓使いの方でクランに推薦したい人がいると送って……って返信早いな。

どうやら問題ないようだし、ソラ達を勧誘してみるか。

「俺は教えられないけど、俺より弓の扱いが上手い人がクランを立ち上げようとしてて、そこだったら機会があれば教えてもらえると思うんだけど……」

「まじで⁉　なら入りたいんだが、何処をホームにしてるなんてクランだ？」

「あー……んと、王都の【PRECEDER】ってクランだな」

丁度先ほど立ち上げたばかりらしく、出来たてほやほやのクランだ。

ソラの手や目線の動きからしてクランランキングから探しているのだろうが……、

「流石に嘘をつくのはやめて欲しいんだが……」

「さっき作ったばかりらしいからまだランキングには載らないんだと思う」

「へぇ……ならギルド行って召喚してる間に表示されるようになるか」

「ギルド？」

「ん？　ああ、召喚っていうのはギルドじゃないと出来ないんだよ。あと、召喚師ギルドには召喚系のスキルを……ってエルフならもう持ってるか。なら行けるぞ」

「え」

「ん？　持ってないのか？」

「いや、持ってるけど」

当たり前のように精霊召喚の話をされ、変な声が出る。

「……？　【精霊召喚】だろ？」

「そうだけど……」

「そんぐらい誰でも知ってるぞ？　普通にネットに公開されてるからな」

「へぇー」

その俺の反応を見て何を思ったのかソラの周りを飛び回り始めたファイ、イムになるべく反応しないよう気を付けながら、ソラに続いて第5の街へと戻っていく。

「……第6の街はまだ解放してないの？」

「出来たら苦労しねぇよ……まああとちょっとでなんとかなりそうではあるんだが、レンジはどうなんだよ」

「一応してる」

「凄えな!?……今日は頑張ってみるけど無理だったら、明日王都まで俺と幼馴染をキャリーしてくれたりは……」

「……ちょっと考えさせて」

あのミスリルゴーレム戦を考えると、ミスリルゴーレム戦は一瞬で終わらせる事が出来るから問題ない。

が、未だ挑戦していないシーサーペントはどうなるか分からない。

王都に向かう為の条件であるシーサーペントの討伐をするのには、湖に行かなくてはいけないのは間違いなく……。

泳げないと発覚するのは嫌だし、変なテンションになったのを見られるのも認められない。

かと言ってレイナさんに推薦したい人がいると言ったのに中々行かないのはあり得ないだろうし……、

「はぁ……取り敢えず、今日は頑張って」

「おう、任せろ……で、ここが召喚師ギルドなわけだが……入れるよな?」

「……入れた、な」

俺が今日中にソラが幼馴染となんとか王都へと行くという理想を願う事で、考えるのを先延ばしにしている間に、どうやら召喚師ギルドへと着いていたようで、ソラに続く形で俺も建物の中に入っていった。

「ここが召喚師ギルド。で、下に召喚の魔法陣がある」

「へぇ」

「で、その魔法陣に魔石を置いて【召喚】する訳だが……見たほうが早いし、行くか」

「分かった」

ソラに誘われるがままに地下にあるという召喚の魔法陣の場所へと向かい、召喚するのを見届ける。

俺が上げたオーガの魔石を使って【召喚】と唱えたソラは……、

「グラスラビット？」

「【解放】!!」

グラスラビットを召喚し、すぐに解放した。

「まあ、こんな感じだな。やってみるか？」

「ん、じゃあ」

【召喚】は【遠距離魔法】に分類されるスキルなので取得に4SKPもかかってしまうが、今は200以上残っているので全く問題ない。

ソラに促されるがままにアサシンスネイクの魔石を使い、【召喚】と唱える。

「んー……？」

最初は直径で3m近くあった魔法陣が、ソラがグラスラビットを召喚した時と同様に、徐々に縮んでいく。

これは外れか？　と思ったタイミングでようやくそれは姿を現した。

「猫？」

「よしっ……【召喚契約】『クロ』」

よく〝彼〟の近くにいたのは白い猫の見た目をした幻獣だったが、猫が出たのだから充分だ。

正式名称はもっとしっかりとした格式があるような物だったが、〝彼〟の幻獣への愛称は『シロ』。

なればこそ、召喚された猫に『クロ』と名付け、召喚契約を結ぶ。

これで俺は今後クロ、シャドウキャットを好きに召喚出来るようになった訳だ。

まだ魔石は大量に残っているが望みすぎても外れるのは分かりきっているので、再びグラスラビットを召喚して燃え尽きたソラに一言声を掛けてから外に出る。

「じゃあ……クロのレベル上げに行くか」

「んにゃ」

名前：クロ
種族：シャドウキャット
レベル：1
HP：60／60
MP：70／70

STR：3
VIT：3
AGI：4
INT：4
DEX：3
【スキル】
【影魔法Lv.1】【影潜りLv.1】【魔力感知Lv.1】【魔力操作Lv.1】【噛みつきLv.1】
【引っ掻きLv.1】【隠密Lv.1】

STP：0
SKP：0

主：レンジ

現状のクロのステータス。

上がり幅がどのくらいかは分からないが、相当強くなってくれるのは間違いないだろう。

一度第5の街の共同生産場に寄ってから、再び迷宮へと向かう。

あと127体、たった127体で水精霊も召喚出来るようになる。

そう考えるとクロのレベル上げも投げ捨ててすぐにでも討伐をしにいきたくなるが……クロのレベリングも重要なので両方を同時に行う。

ソラと会った層である19層へと移動し、クロに時々攻撃してもらいながら魔物を倒し続ける事数分。

「……なんだあれ、砂嵐？」

森には相応しくない量の土煙が巻き起こり、一直線に俺のほうへと向かってきていた。

この森の中で土煙を巻き起こせるのはプレイヤーぐらいしかいないのは間違いない為、あの砂嵐の元にはプレイヤーがいるのだろうが……。

「行くべきか？」

あの砂嵐の原因がなんであれ、あそこまで目立っていれば大量の魔物を引き寄せる事が出来るのは間違いない。

あそこに行けばすぐにでも水精霊のクエストをクリア出来るだろう。

が、プレイヤーがいる。

運が悪ければ絡まれるのは間違いなく――、

「ちょっ、そこのプレイヤー!!　助けて!!」

「……」

――と考えていたのだが、判断が遅かったようで元凶であろうプレイヤーに見つかってしまった。

「ま、待ってくれ!? 少しは止まるぐらいの素振りを!?」

「……マスターそんな事言ってる余裕はないですよ!? ちょ、そこのレンジって人! 助けてください!!」

流石に名前を呼ばれてしまってはガン無視する訳にもいかず、そちらへと視線を向けると……、

「うわぁ……」

チラッと見えてしまったフォレストアントの群れ。

あれが砂嵐の原因ならば、途方もない数がいるのは間違いないだろう。

「すみません!! あれ、倒してもらえませんでしょうか!? お礼ならたくさんするので!!」

「……はぁ、【ハンドレッズアロー】【インパクト】【ブラスト】」

フォレストアントの群れが俺の手に負えないようだったら一目散に逃げていたのは間違いないし、少なくともプレイヤーと絡むのはだるいので逃げていたのは間違いない。

だから、丁度良く100匹程度のフォレストアントに追われていたというのはこのプレイヤー達にとっては運が良かったのかもしれない。


特殊クエストのクリア条件を満たしました。

『水精霊の関心』

▼報酬▼
称号【水精霊の加護】
STP5
SKP5
スキルレベル限界上昇チケット×1
10000G

特殊クエストが発生しました。
『無精霊の興味』
クエスト達成条件は、
1回以上精霊を進化／変異させる
1／1
です。

特殊クエストのクリア条件を満たしました。
『無精霊の興味』

▼報酬▼
称号【無精霊の観察対象】
STP5
SKP5
スキルレベル限界上昇チケット×1
1000G
特殊クエストが発生しました。
『無精霊の関心』
クエスト達成条件は、
2回以上精霊を進化／変異させる
2／2
です。

特殊クエストのクリア条件を満たしました。
『無精霊の関心』
▼報酬▼
称号【無精霊の加護】

STP5
SKP5
スキルレベル限界上昇チケット×1
1000G

特殊クエストが発生しました。
『光精霊の興味』
クエスト達成条件は、
火・土・風・水・無・闇精霊の観察対象となる。
6／6
です。

特殊クエストのクリア条件を満たしました。
『光精霊の興味』
▼報酬▼
称号【光精霊の観察対象】

ＳＴＰ５
ＳＫＰ５
スキルレベル限界上昇チケット×１
１０００Ｇ

特殊クエストが発生しました。
『光精霊の関心』
クエスト達成条件は、
火・土・風・水・無・闇精霊の加護を得る。
６／６
です。

特殊クエストのクリア条件を満たしました。
『光精霊の関心』
▼報酬▼
称号【光精霊の加護】

ＳＴＰ５
ＳＫＰ５
スキルレベル限界上昇チケット×１
１００００Ｇ

特定条件を満たしました。
【精霊王の観察対象】を獲得しました。
▼報酬▼
ＳＴＰ５
ＳＫＰ５
スキルレベル限界上昇チケット×１
１００００Ｇ

「……え」
「あ、えーっと……固まってる所悪いんだが、助かった‼　助けてくれてありがとう」
「……いえいえ」

「お礼と言ってはなんだが、受け取って欲しい」

想像以上に想像以上が想像以上だったので、何も考えずに男の言う事を聞き、フレンド申請を許可してからトレードでアイテムを無償で受け取る。

MP回復薬20個、品質は……え？

「……2割5分？」

クールタイムも5分と、今の俺のMP量ですら破格の性能を誇るのは間違いないだろう。

「俺等はそれぐらいしか渡せる物がないんだが……【精霊の塒《ねぐら》】のクランマスターをしているランダだ。【精霊の塒】に買い付けに来てくれれば何回でもとは言えんが数回ぐらいは安くしとくぜ？」

「え、あ、はい」

「ま、本当に助かった。ありがとう」

「ん、ええ」

そうか……光精霊だけでなく無精霊もあったのか。

ステータスの種類から察する事も出来ただろうが……まあ、召喚出来るようになったのだから良い。

取り敢えず第6の街の共同生産場に行って全員を召喚し、加護を付けてもらって……折角だから試練の森で試してからシーサーペントに挑戦してみるか。

いつの間にかいなくなっていた……ランダ？　さんはこの際どうでも良い。

今はすぐにでも移動して精霊をしょうか——、

「あれ……」

辺りを【気配感知】【気配探知】【熱感知】も使いながら見渡すが、なんの気配もない。

先ほどのようにフォレストアントを目立つような狩り方をしたというのに、だ。

「……そんな事もある、のか？」

まあ、フォレストアントを一掃した事で、魔物達が怖気付いたというのはあり得るかもしれないので、深く気にする必要はないだろう。

今重要なのは新たに召喚出来るようになった精霊達全員を召喚する事。

原因の究明など――、

「んにゃ」

「っちょ⁉」

記憶を頼りに魔法陣のある方向へと移動を開始し、途中までは横をついてきてくれていたクロが、脇へと逸れる。

しかも、数歩進んだ後についてこいとでも言わんばかりに此方を見て一鳴きしたのだ。

「何かある、のか？……クロ？　仕方ない、ついていくとするか」

少なくとも〝彼〟は一方的に従魔、精霊の意見を否定するような事はなかった。

……精霊の召喚が遅れるのは少し悲しいものがあるが、既にいつでも召喚する事が出来るのだから行ってみるか。

なんなら此処《ここ》で今すぐに精霊達を召喚しても良いのだが……どうせなら個室でまったりと召喚をしたいから我慢しよう。

地面に飛び出ている木の根を越えたり、草木をかき分けたりと、クロが軽々と移動しているのを見ながら、多少苦戦しながらも進んでいく。

それにしても……ここまで進みづらい地形は今まではなかったのだが、楓さんにもらった装備のスキル【悪路移動】が地味に活躍している。

「クロ、まだか？」

「にゃっ」

たぶん……もうすぐ、か？

召喚獣だからなのか、極多少の意思疎通は出来るのだが、それによると俺の質問に対する答えはＹＥＳでもＮＯでもあるらしいし、恐らくもうすぐなのだろう。

……と。

「なんだ……ここ」

今までの悪路とは思えないほどに広がった空間に、その中央に聳《そび》え立つ樹、そしてそこにある大きな洞《うろ》。

人間の大人であっても余裕を持って通れそうなその洞からは、沢山の蟻《あり》が出入りしていた。

「……これを、攻略するのか？」

「んにゃ」

「……無理な気がする」

未だ此方に気付いていている蟻がいないとはいえ、地上にいる蟻の数だけで１００近くいるだろう。

これらを殲滅《せんめつ》しない限りは退路を確保出来ないので、蟻の巣があるであろう洞に入る気にはならない。

が、地上にいる蟻をすべて殲滅など、無理だろう。

「まじか……？」

「んにゃ」

精霊達を召喚して出直す……というのは、クロが動く気配がないから厳しいだろう。

かと言ってここで精霊達を召喚してしまうかと言われれば……俺は首を横に振るだろう。

精霊達にだって意思はあるのだから、召喚して早々に戦わせる気にはならない。

まずは親睦を……というのは置いておいて。

「どうするか」

地上の殲滅は出来るのであれば洞の中にいる蟻達に気付かれる事なく行いたい。

そうなると必然的に【インパクト】や【ブラスト】は使用出来なくなる訳で……。

あと、ファイも駄目だな。

「いや、そういう事じゃなく……」

思いが伝わってしまったのか、やる気満々と言わんばかりに飛び回っていたファイがピタリと停止する。

が、ファイの戦い方だとどうやっても地下に響くのだ。

今回精霊で活躍するのはライ、イム、ヤミになるのは間違いないだろう。

……生き埋め、窒息死を考えるとファイは地下も……あれ、やれる事ないな。

「……ファイは大人しくしててね？　……お願いだから」

『ガーン!!』といった顔をしているファイには申し訳ないが、この意見だけは覆せない。

という事で、始めるか。

「クロとヤミは思い思いに、ライとイムは地形への影響を気にしながら援助をお願い。ファイは……応援お願い！」

あ、応援で火は出さなくて良いです……。

「【ハンドレッズアロー】【チェイサー】【ペネトレイト】」

１００本の矢が各々で意思があるかのように蟻の首へと吸い込まれていく。

……昆虫は首が取れても死なないんだったか？

「流石にそんな事はないか」

ログに流れる大量の討伐通知を聞き遂げながら、周囲一帯の蟻を殲滅できている事を確認する。

少し遠くまで遠征している蟻などがいると困るが……洞から蟻が出てくる事で異変に気付かれては無音で倒した意味がなくなってしまうので、洞へとすぐに突入する事にした。

「……想像以上に暗いし、真っ直ぐだな」

一応【歩術】、【歩技】のお陰で壁歩きをする事は出来なくはないが……この蟻の巣の攻略、壁歩き能力が必須だ。

「……暗殺向きかよ」

【隠密】系統のスキル、【感知】系統のスキルを全部発動した上での、出合い頭の狙撃。

ソラの従魔であるハヤテを殺してしまった時にも思ったが、【回収】スキルの効果が完全犯罪に向きすぎていた。

「……行くか」

出入り口に一番近い横道へと逸れる。

逸れた先にあったのは……狼の死体、芋虫の死体、リスの死体など様々な餌だった。

この階層には狼は出ないだろ、とか。

死体って残らないだろ、とか。

リスどうやって狩った、とか。

色々と気になる事はあるが……試しに一撃射てみたが、なんの反応も起きなかった。

恐らく、置物のような判定を受けているのだろう。

「キシャァァ……」

「キシャシャ」

「「キキキキ」」

背後から音が聞こえ、慌てて飛び退《の》く。

視界に入った、普通のフォレストアント3体に、見た事がないフォレストアント1体。

名前はフォレストソルジャーアントという物らしいが――。

「【テンスアロー】【チェイサー】【ペネトレイト】」

すべて、討伐した。

しかしこの蟻の巣は【気配感知】、【気配探知】が本当に使いづらい。

見つけられる母数が多すぎる上に、近くにある部屋にいる魔物も脳内で距離などが浮かべられるので、対処が必要か要らないかが判断しづらいのだ。

「……イム、魔物が近づいてきたら教えてくれ」

視界の隅で敬礼のようなポーズを取っているイムを確認してから、再び移動を開始した。

次は出入り口から二番目に近い部屋だ。

見落としがそのまま退路を塞ぐ事に成りかねない以上、真面目に見ていくのだが……、

「卵、か？」

フォレストエッグアントという名前の繭《まゆ》らしき魔物が数十に、フォレストキッズアントという魔物が数十、フォレストマザーアントという魔物が数体いるこの部屋は――。

「子育て部屋、か」

なんとなく申し訳ない気持ちになりながらも、すべての繭を射殺す。

こんな所で糸を入手出来るとは思っていなかったが……まあ良い。

次に……なんだ？

イムが何かを知らせるような動作をしたので、通路がある部屋の入口のほうへと意識を向けた。

「幾つか大きな気配が来てるな」

下のほうから近付いてくる、５つの大きな気配。

と言っても、フォレストソルジャーアントと同程度なので、巡回兵か何かなのだろう。

恐らくこの部屋も確認してくるだろうから――。

「【テンスアロー】【チェイサー】【ペネトレイト】」

射殺す。

次の部屋に行くか。

確か、蟻って2割はサボってるんだったか。

そんな事を思い起こさせるような部屋であったそこは、怠惰《たいだ》な蟻達が固まって存在していた。

子育て部屋の時同様、少し申し訳ない気持ちになりながらもクロの経験値、そして俺の経験値へと変換していく。

どんどんと上がっていくクロのレベルだが……今日中に50ぐらいには行きそうだな。


その後、いくつも同じような部屋の中の蟻達を出入り口から近い順に殲滅していくと、流石に一大事だと捉えられたのか、フォレストジェネラルアントという魔物が出てきた。

まあ、瞬殺出来る範囲だったのだが。

で――、

「それ、虹宝箱じゃね？」

フォレストクイーンアント、フォレストキングアント、フォレストガーディアンアント×4がいた最下層の部屋に、いくつかの宝箱が置かれていた。

木1個、銀1個、金1個、虹1個——要するに、全ランクが1個ずつ。

銀まではナオ達との攻略で見た事があったのだが、金、虹は見た事がなかったので、否応《いやおう》無く期待は高まっていった。

【罠感知】に反応しないという事はあれらの宝箱に罠は一切ないという事だし……、

「【ハンドレッズアロー】【チェイサー】【ペネトレイト】」

蟻の巣の攻略中に一度だけ矢を外し、壁へと突き刺した事があったのだが、あの時は本当に焦った。

ヒビが入りだす壁に、固まるフォレストアント達。

あんな経験をした以上、頑張ってコントロールするためにも【チェイサー】を使い、イムに全力で協力してもらっている俺は何も間違っていないだろう。

100本の矢がバランス良くフォレストアント達へと刺さっていく。

「「「「キシャァァァアアア！！！」」」」

「悪いけど、短期決戦のつもりだから……さっさと退いてくれ【テンスアロー】【クイック】」

クロも精霊達も、何故か急かし始めているので慌てて戦う事になっているが……こんな空間に6体ものフォレストアントの上位種がいる以上、空間が狭く体を上手く動かせていなかった為、その後数分もしない内に簡単に倒し切る事が出来た。

「さて……何から——」

「——にゃぉにゃぁにゃ」

「ん？」

宝箱なんてどうでもいいからと言わんばかりに地面を叩いているクロ。

ただ、虹宝箱ぐらいは開けさせて欲しい。

「さ～て、なんだろ……紙？……アイテム名『たからのちず』」

たからのちず……？

「……たからのちず」

たからのちず

虹宝箱から出た『たからのちず』は全体が青緑色に塗られており、22という数字と★マークがあるだけの、どう頑張っても期待を募らせるような物ではなかった。

『たからのちず』を引いた事で無心になってすべての宝箱をすぐに開け、回収してから速攻で蟻の巣から脱出したのだが……。

流石に、蟻の巣から出た瞬間にあの地形が消滅するとは思ってもいなかった。

何か特殊条件を満たした上でのイベントのような物だったのかもしれないが、『たからのちず』……。

取り敢えず俺は、夜ご飯の為に一時的にログアウトした後、この傷心を癒やす為にも前回も借りた共同生産場の部屋を借りて、既に召喚している精霊達を好きなようにさせていた。

そして、待ちに待った土、水、無、光の精霊の召喚の時。

「順番は……まあ加護を受けた順番でいいか」

土、水、無、光という順番で召喚していくつもりだが……、土か。

名前は……ヤミを影に変異させるといったような選択肢がなくなった事を考えると全く関係ない名前、または先を読んだ名前が良いのだろうが……土の変異だと、樹か？　鉱物とかそっちの可能性もあるが……。

「まあ、結局そのまま進化させれば良い訳だしなぁ……」

「【精霊召喚：土】『アース』」

すべすべの土で出来た蕾へと『アース』という名が吸い込まれ、花開いていく。

クルクルと回りながら開いた花弁の中から現れた精霊は、ちょっと気が弱そうな女の子だった。

茶色い長い髪に花飾りのような銀色の何処かのキリスト様が被ってそうなやつ。

「よろしくね、アース」

コクリと頷いたのを確認した後軽く眺めていたが、少し恥ずかしくなったのかそっぽを向かれてしまったので次の召喚へと移る。

水、だと変異は間違いなく氷だろう。

ただ氷でいい名前を思いつけるかと言われると微妙なのは間違いなく、水であってもそこまで良い名前が思いつかない。

『スイ』は分かりやすくて良いと思うのだが、既にフレンドにいらっしゃるし……水と言ったら……、

「【精霊召喚：水】『ティア』」

透き通るような透明で、青い水の蕾に『ティア』という名が沈んでいく。

相変わらず回転しながら花開く蕾に目を奪われていると、これまた気が弱そうな可愛らしい女の子が現れた。

透き通っているのではと思うぐらいに透明な肌に神秘的な瞳。

当たり前のように蒼い髪に、少し手をのばすと震えられたのでやめ、同類であろうアースのほうを……見なかった事にする。

「次だ次」

俺はファイとイムに振り回されているアースなど見ていないし、それを見て涙目になったティアも見ていない。

無……無？

無属性精霊と言われてもあまり良い名前が思いつかない。

無属性の変異属性となると……なんだ？

時や空間、重力などは闇と光感があるし、無だからといって有属性など聞いた事がない。

ない……ない……消える、消す？　滅属性か虚属性だろうか？

〝彼〟の世界だと何属性があっただろうか。

火・水・土・風・光・闇・無・雷・氷・樹・聖・暗黒・幻……幻か？

「じゃあ……【精霊召喚：無】『ファン』」

無……『ファン』と名付けはしたが未だによく分からない。

見えないのにそこにあるというよく分からない物体に吸い込まれていく『ファン』という文字を見ていると、いつの間にか花開いたのか白髪の1人の女の子が立っていた。

一応顔はこちらに向いているのだが、焦点が合っていないし……不思議ちゃん？　といった感じの女の子だ。

イメージどおりといえばイメージどおりだったりする。

「……最後行くか」

光。

名前を決める際に一番最初に決まったような気もするが……、

【精霊召喚：光】『リム』」

〝彼〟にとっての光であった者の名前、リム。

誰かに名前の理由を聞かれたら全く答えられないだろうが、光精霊の名前は『リム』で良い。

光でできた眩しく光る卵に、『リム』という名が溶け込んでいくのを確認し、1人満足感を感じていた。

まだ変異種があるとはいえ、一応は全属性をコンプリートした訳だから、〝彼〟にまた1歩、近付けたと判断して良いだろう。

現れた金髪の女の子、リムも優しく微笑んでいるし……少しここでまったりしていくか。

特殊条件を満たしました。

精霊術師の変質が可能です。
▼精霊弓士

特殊条件を満たしました。

精霊弓士の変質が可能です。
▼精霊弓師

……おぉう。


アース、ティア、ファン、リムの4人全員に加護をかけてもらった繋精弓は単純に加護が倍に増えたからか、より一層存在感を増していた。

「後少し、まったりしてくかな……」

どうせだからという事で召喚したクロの背中に乗って、アースを間に挟みながら楽しそうに談笑しているファイやイムに、相変わらず俺の頭から動かないライにヤミ。

空中を不思議な軌道で漂い続けるファンに、それらを見守るリム、その後ろに隠れて涙目に成りながらもアースを見るティアと、各精霊の個性がこれでもかと言わんばかりに発揮された空間で俺はボーッとした時間を過ごしていた。

どうせなら深淵の森にある川でまったりしたほうが良いような気もするが、不規則に浮遊するファンを考えると壁がある空間で良かったと否応なく思わされる。

アースが少し心配だが、本当に駄目ならば何かＳＯＳを出してくるだろうしあまり気にしていなかったりする。

ただ、アースよりもアースを気にしすぎて死にそうなティアがやばいので……。

「クロ」

俺の声を聞いてのそりと動き出し、背中に乗ったファイ達を落とさないように此方へと歩いてくるクロ。

この様子からして精霊がいる事を分かっているのだろうが……そういったスキルもないのにどうやって分かっているのか少し不思議ではある。

が、ファイ、イムに少しお願いしてアースを離してもらい、ティアの元へと好きに行かせる。

代わりなのかどうか知らないが俺の両肩に乗って何かし始めたファイ、イムを眺めながらクロの背中を撫《な》でる。

これ以上にないほどのまったりとした時間を、俺は堪能していた……。

で、『たからのちず』である。

すべてがひらがなである事や、地図が青緑色一色な事のせいで全く期待する事が出来ないのだが、俺はそれをなんとも言えない気持ちで眺めていた。

あの、面倒くさかった蟻の巣での虹宝箱から、唯一出たアイテム。

これだけ聞くと、この『たからのちず』も何か凄い財宝でもあるかのように思えるが……如何《いかん》せん地図の内容が酷い。

本当に、紙に青緑色の絵の具をベタ塗りし、その上に★、22という数字をつけただけのようにしか見えないのだ。

第5の街の迷宮で出たのだから、どうせ22という数字は22層の事を指しているのだろうが……いま厄介なのは青緑色のほうだ。

青——要するに水。

緑があるという事は、そこかしこに水草が生えているなどという事でない限りは湿原や湿地など、そういった物だと思うが……。

「あー……クロ、毛並み良いなぁ」

クロの毛並みの良さはいくらでも撫で続けられるような気もするぐらいと表現するのが正しい。

俺がクロを撫でているせいで精霊達はクロに乗っかる事が出来ていないが、俺が手をどかすとすぐにでも乗っかり始めたので、よっぽど気に入ったのだろう。

と言っても、乗るのはファイやイムなどで、ライ、ヤミは安定して頭上から移動する事はないのだが。

「んー……今日は何も考えずにこうしていたい」

が、ファイのガス抜きをすべきだと考えているのもまた事実なのだ。

蟻の巣の攻略中はファイにストレスを溜め込ませてしまった為、何処かで好きなだけ暴れて欲しい。

出来れば炎症被害が発生しない所――水辺で。

今第5の街の迷宮22層に行けば、『たからのちず』の真偽も確かめられるし、ファイのガス抜きも出来る。

そして、精霊達の性能の確認をする事も出来る……と、色々と俺の心をのぞけば行かない理由がないのだ。

「湖……シーサーペントよりはマシか？」

湖のボスフィールドがどんな物なのか知らないのでなんとも言えないのだが、流石に地面がないという事はないだろう。

……そこら辺をナオとの攻略時に質問していれば良かったような気もするが後の祭り、か。

まあ少なくとも、湿地、湿原での行動はある程度の意味があるだろうし……何よりも、虹宝箱を無視するのは難しいので、行ってみるか……。

「リム、ヤミ、ファイ、アース、イム、ライ、ファン、ティア……行くよ」

俺が一番行く気がないような気もするが、精霊達を連れて移動を開始する。

因みに、クロも召喚したままでの移動だ。

第5の街から迷宮までの近くはないが遠くもないといった距離を移動している間に……ファイが草原にいるフレイムホースを焼き殺すというよく分からない事をやってのけた。

「じゃあ、行くか。制限なし。好きにMPを使っていいよ」

「【精霊王の加護】【光精霊の加護】【闇精霊の加護】【火精霊の加護】【土精霊の加護】【風精霊の加護】【雷精霊の加護】【無精霊の加護】【水精霊の加護】」

これで、1秒に1以上のMPを消費する事になったが、精霊に好きなように魔法を撃たせた場合、これよりももっとコストが重くなるのは間違いないので、このスキルはこの探索が終わるまでは解除しないつもりだ。

精霊の魔法行使時の消費MPをほぼ0に抑えるなど……本当に、【精霊王の加護】様様である。

第5の街の迷宮は既に19層までの攻略を終わらせているので、20層からの攻略が出来る。

21層が推測どおり湿原とかそういった類《たぐい》のフィールドだと考えると、少し気が進まないが……、自由を与えられた精霊達は違うようで、好き放題に飛び回り、敵を殲滅していた。

今は人がいなくて見られてはいないが、見られた時に言い逃れは……出来ないだろうな。

まあ、知らぬ存ぜぬでなんとかしよう。

「しかし……ランダさん？　のMP回復薬本当に助かるな」

何気なく現ステータスを広げてみるが……やはり、MPが多い。

素のステータスで５０００に到達しているＭＰは【闇精霊の加護】を発動すると８０００まで到達する。

で、ランダさんにもらった回復薬を使うと、５分――３００秒毎に２０００のＭＰを回復出来る、と。

ランダさんの所でＭＰ回復薬を買い続ければ、今後ＭＰ枯渇《こかつ》はあまり気にしなくても良い事になるかもしれないのだ。

「んにゃ」

「ん？」

ステータス画面を開きながら、【気配感知】などを頼りにクロの後ろをついて歩いていたのだが、クロが歩みを止めたので、俺も歩みを止めた。

「……魔法陣、だな。20層だからボスみたいの――」

いた。

討伐ログを確認すると、既に倒されていたフォレストキャタピラーの群れ。

いつの間に倒したのかなど色々と気になる事はあるが、ファイ達にとって、良い気分転換になったようだ。

全員が一応は良い笑みを浮かべていた。

アースやティア、ファンに関しては微妙によく分からないけれども……まあ、好きにして良いと言っているのだし問題ないだろう。

「じゃあ、21層に行くか……」

重い足を動かし、魔法陣に乗って転送を促す。

数秒と経たない内に俺は……くるぶし辺りまでが水に浸かった状態で、湿地へと転送されていた。

辺り一面に広がる、水面。

今俺が立っている場所は20層と21層を繋ぐ魔法陣なのだが、魔法陣全体が水に浸かっている為、水面に淡い光で映し出されていた。

「あ……靴」

数十秒、動く事無く待機する。

浸水はなかったが……まさかこのブーツが防水対応しているとは思ってもいなかった。

というよりも、フィールド全体が水に浸かっているとは思ってもいなかったというべきなのだろうか。

「……どうするか」

1歩踏み出し、湖底が陥没していたせいでバランスを崩しかける。

陥没していた場合を考えて摺《す》り足にしてみれば、今度は湖底が隆起している。

水の色がそこまで綺麗ではない事もあり……このフィールドで一番苦戦しそうなのは魔物ではなく、移動方法になりそうだった。

因みに、魔物に関してはファイやイムが率先して狩りまくっている。

クロに関しては俺の肩まで飛び上がり、固まっているのでやはりというべきか水が苦手なのだろう。

どうやら水中にいろいろな種類の魔物がいるようだが……この階層で俺が出来る事は空を飛び回

っているトンボを撃ち落とす事……のみ。

「移動手段がなぁ……」

普通に歩くだけでは途中で思いっきり転びかねない。

ファイ達がいる以上、転んでも魔物に殺されるような事態に陥る事はないだろうが……それでも、あまり綺麗とは言えない水に転びたいとは思わない。

「……アース、地面を平らに出来るか？」

俺の質問に対し、少し困ったような反応を見せたアース。

質問の仕方が悪かったのかもしれないが……、

「じゃあ、俺が歩く先だけを平らにする事は？」

ぎこちなく頷いたアースだったので、ティアに補助をするようにお願いし、移動を開始した。

先ほどのような陥没したり隆起したりしていない湖底を、気ままに歩いていく。

魔法陣の大きさが3×3mほどはあるので、その範囲ぐらいは平らな所に魔法陣があるのだろう。

ただ、辺り一面水面が広がっているこのフィールドでは、何処が平らな湖底なのか分かるわけがなく、魔法陣の光を見つけ出すのもとても難しい。

「……地道に探すしかないか」

1~10層の草原、11~20層の森とくらべて圧倒的に面倒くさいフィールドに嫌気が差してきながらも、虹宝箱から出た『たからのちず』、その結果を求めて歩き続ける。

「【ダブルショット】……じゃあ、流石に死な……いや、倒せるのか。なら以降もそれで良いな」

やる事がなかったので飛んでいたトンボ――スワンプフライに攻撃を仕掛ける。

水中の敵はすべて精霊達が対処してくれる事に感謝しながら――。

「ん？」

目の前で、アースが通せんぼをした為、止まる事になった。

ティアはそんなアースの行動に困惑し、あたふたしているので……土に関わる何かで、アースが俺を止める理由があるという事だろうか。

「……土がおかしいのか？」

首を横に振られる。

「……んー、土の中に何かいる？」

今度は『コクリ』と首を縦に振られた。

一応は【土精霊の加護】【精霊王の加護】も発動しており、アースの力は相当強いはずなのだが……、土の中に何がいるのか確かめる為、リム達に声を掛けてから後退した。

「少し下がるよ」

ファイとイムに関しては既に声が届かないぐらい遠い所まで行っているので、忠告する必要はないだろう。

「【ハンドレッズアロー】【インパクト】【ブラスト】」

スワンプフライを5体倒しました。

70000G

「スワンプフライ……？　あ、トンボと同名か……なら、ヤゴか？」

アースが警戒するほどの敵ではないような気もするのだが……それは良いか。

「じゃあ、アース、ティア。また歩くから頼む。頼りにしてるから」

2人が首を縦に振ったのを確認してから、歩き始める。

それから数分もしない内に転移魔法陣を見つけた俺は……『たからのちず』を片手に、22層へと転移した。

21層の時と変わらぬ光景が目の前に広がる。

21層との差を挙げるとしたらトンボの数だろうか。

この層――22層のほうが何故か圧倒的に多いのだ。

……宝防衛戦でもやらされるのだろうか。

「あ、そうだ。たからのぉぉおお！？？……え、俺の位置が表示されてる⁉」

気が付いたら地図内に現れた、三角形。

アースとティアに協力してもらって動いた限りでは、この三角形は完全に俺の現在地を示していた。

俺の現在地が地図の左側で、★マークは地図の右側。

この地図で言うど真ん中を横断すればそのまま★マークへと辿り着くわけだが……。

「やめたほうが良いのか？」

再び、アースに止められた。

恐らく、ど真ん中にヤゴが大量にいるのだろう。

俺がヤゴ達を消し飛ばす場合は地面も一緒に消し飛ばしてしまうので、後でそこを渡る時に大変になる。

その事を考えると、最初から少し脇に逸れて移動しろという事なのだろう。

「じゃあ、行こうか。この地図で言う下側を通ってくから、道を作るのは頼む」

アースとティアが頷いたのを確認してから、再び歩き始めた。

それにしてもファイとイムは地図の真ん中部分に興味が湧いたのか勝手に移動してしまったんだが……まあ、召喚主からは離れ過ぎられないらしいから気にしなくて良いか。

それから数分後、丁度地図のど真ん中に一番近い所ら辺に来たタイミングで、ティアが震えた。

どうやらティアが恐れる対象はど真ん中にいるようだが……アースはその気配を感じられなかったらしい。

この場合だと魚、とかだろうか？

だが、真ん中を突っ切るのを嫌がった割にはアースは今は全く真ん中のほうを恐れておらず……良く分からないな。

更に数分して、ようやく★マークと三角形が重なった……が、何処にも宝箱と呼べるようなアイテムが無かった。

あるとすれば地中……だろうか。

「アース、地中に宝箱ある？」

『コクリ』と頷いてくれたので、それを出すようお願いした。

いや、お願いしてしまった。

宝箱が地上に出ると共に現れた、大きなトンボ。

地図でいう右端辺りにその圧倒的巨体と共に姿を表し、大量の配下を連れて来たトンボに、驚きのあまり声を失ってしまう。

どのぐらいの数のトンボかと言うと、大きなトンボを狙っていると、どうやっても周囲を旋回しているトンボに当たってしまって阻まれる。というぐらいだ。

その途方もない多さに呆れに近いような感情を抱いてしまうのも仕方がないだろう。

「……って、全員、後ろお願い!!」

前からはトンボの群れが攻めてくるとしたら、後ろからは水中生物の群れが襲ってくる。

そんな状況だが俺は……割と楽しんでいた。

なんというか、精霊達と背中を預けあったような気分になっていたのだ。

「【ハンドレッズアロー】【インパクト】【ブラスト】」

１００本の、威力が底上げされた矢が巨大トンボの近くで、トンボにぶつかって爆発する。

が、巨大トンボには全くダメージを与えられた気配はなかった。

代わりと言ってはなんだが、トンボの増援はッ――。

後ろから、トンボの群れが補充される。

……せめてもの救いは、巨体トンボが全く動かない事だろう。

あの巨体であれば、羽を振るうだけで俺を殺す事すら出来る。

そんな相手がいる時点で救いも何もないような気もするが……、

「ファン、頼む」

俺の期待どおりにファンは宝箱の上へと移動し、宝箱と共に消え去った。

それの安全さえ確保してしまえば後はこっちの物だろう。

「移動するぞ」

移動先は、地図で言う中央だ。

理由は簡単でファイとイムが、中央で何者かと戦っているから、だ。

アースやティアが嫌がった時点で何かがいるとは思っていたのだが、ファイとイムがそこで戦い始めた事で俺の疑問は確信へと変わった。

「中央に、何かある」

何があるかは移動してからのお楽しみみたいな物もあるが……群がる水中生物を蹴散らし、後ろから攻めてくるトンボも蹴散らして、中央へと歩みを進める。

因みに、その間も巨大トンボは羽すらも一切動かなかったので……俺の中ではあのトンボは偽物と確定した。

「……っし、間に合った……か？」

中央へと移動してすぐに見えたのはファイとイムの姿だった……が、敵の姿が見えない。

代わりと言ってはなんだが、底がないのでは、と思わせるような深い穴と……ティアの怖がる〝何か〟がそこにはいた。

「シャアァァアアァァァ！！！」

現れた、超巨大ヤゴ。

その視線は完全に俺の事を捉えており……後ろにいたはずの、巨大トンボはいつの間にか消え去っていた。

「アァァア！！！」

出合い頭に飛んできた、顎《あご》による攻撃。

それをギリギリの所で上へと躱し、その出っ張りと化した弱点に攻撃を加える。

元々の予定で言えばただの牽制《けんせい》攻撃でしかなかったそれは……ファイ、イムの手によって素晴らしい性能を誇った。

「ヂァヂァァァア！！！」

1本の青い炎を纏った矢が、ヤゴの下顎を突き破っていった。

超巨大ヤゴが、跳ねる。

それだけで波が発生し、【スカイジャンプ】で顎による攻撃を躱した事、今後の攻撃を考えると……波は、受けなくてはいけなかった。

「ツチィ、ティア、水の壁作ってくれ!!」

地面に着地してすぐに、ティアに水の壁を作るようにお願いした。

が、上手く行かずに【ショートワープ】を使わされた。

要するに――。

「【ハンドレッズアロー】【インパクト】【ブラスト】」

超巨大ヤゴの顎による攻撃と、俺の１００本の矢による攻撃が真正面からぶつかり合う。

当たり前だが、俺はこの真っ向勝負でヤゴの顎攻撃に打ち勝てるとは到底思っていなかった。

俺の目的は顎を使いづらくさせる事――要するに、攻撃方法を津波による物のみに絞らせる事だったのだ。

だから……、

「【スカイジャンプ】【テンスアロー】【クイック】【ペネトレイト】」

俺の矢よる攻撃を無駄に押しのけようとしている顎に隙がないわけがなく、そこに複数の矢を貫通させた。

「ヴァアアァアァア!!!」

上手く戻せなくなった顎を見てほくそ笑む。

これならば、もう負ける事はないだろう。

津波の技に関しては少し危ない所もあったけれども……まあ、顎を封じた今、そこまで脅威ではない。

では――。

「ファイ、ライ、力を貸して【ハンドレッズアロー】【インパクト】【ブラスト】！！！」

倒れ臥したヤゴを背に、近くにいるであろうファンに声をかける。

「ファン」

俺が声をかけると共に現れた、無精霊のファン。

どう考えても幻精霊のような能力を持っているのだが、今はそれは良いだろう。

宝箱を開けられる。

しかも、虹色宝箱なのだ。

これで『たからのちず2』とかが出てきたら流石にガチ切れしてたかもしれないけれども……、

「開けるぞ!!」

一番最初に目についたのは、耳飾りだった。

アイテム名『竜の耳飾り』の効果は竜にまつわるスキルの効果を強化するという物。

これが『精霊の耳飾り』だったら話は別だったのだが……まあ、入手出来たのだ。

使う機会さえ来れば使うだろう。

二番目に目についたのは、護符。

アイテム名『蜻蛉《かげろう》の護符』で、使い捨ての一定時間のステータス上昇アイテム。

で、残りは様々な種類の回復薬だった。

虹色宝箱という名前の割には少なく感じるような気もするが……『竜の耳飾り』のようなぶっ壊

れアクセサリーがあったからだったのだろう。
何処かでこれの色違いを――ああっイベント⁉

失われた手応え

「じゃあ、行くか」

超巨大ヤゴの討伐を終わらせた後、精霊達のやる気が想像以上に残っていた事もあり、試練の森に行ってみる事にした。

下手に調子に乗って奥へと進むのが危険な事は分かっているが、蛭はファイの炎で俺へのダメージなく倒せる事を確認しているので、今回は精霊達の力も増しているしなんとかなると思っているのだが……、

「ファ、ファイ、ちょっと落ち着いてね⁇」

想像以上にテンションの上がったファイが暴れまわった。

初級の時点でレベル30相当の敵をワンパン出来ていたので、もしかしたらとは思っていたのだが、デスマンティスすらも一撃で燃やし尽くすのは流石に想定外過ぎる。

【火精霊の加護】、【精霊王の加護】共にファイの能力を底上げする事は分かっていたが、発動しているだけで此処まで強くなるとは思っていなかった。

ファイの攻撃は俺の攻撃という判定なのか経験値は入ってくるのだが、これでは俺の戦闘力が上がっているのかどうかすら確認する事が出来ない。

ファイだけに限らず、すべての精霊がある程度の攻撃を放つ為、本当に俺がやる事はなくなってしまっていた。

「……えぇぇ」

既に到達している吸魔の森中層は、前までの俺の力でも問題なかったので試すのに相応しくない上に、俺の中で最も重要なＭＰを持っていかれるので適切な土地ではない。

すると、試すのには試練の森中層に行ってみる必要がありそうだが、経験則からして……まだ俺のレベルでは足りない。

まあ行くだけ行ってみるつもりだが。

「奥行くよ」

戦闘をファイ達に完全に任せ、それでも良いのかとすら思われそうなぐらいに気を抜いた状態で表層を攻略していく。

攻撃してくる虫達はファイに焼き尽くされるか感電死するか良く分からない闇に消え去るか……と様々な手段で死んでいく。

「……俺、いるか？」

どんどんと流れていく討伐通知に、周囲を照らす大量の魔法攻撃。

一番はっちゃけているファイは言わずもがな、それ以外の精霊も想像以上の力を発揮し続け……。

「……ボスだよな？」

ボスフィールドに移動した直後に現れた、大きなムカデを瞬殺した。

俺の攻撃力も確かめたかったので攻撃を控えるようにはお願いしたのだが、テンションの上がったファイには聞きいれてもらえず、中層に移動する。

表層よりも闇が深くなり、敵の姿を認識するのも難しくなった中層だが、それでも構わないと言わんばかりに木々へ攻撃し続け、頭上からの光を確保したファイ達。

「ッ⁉」

流石に下級土精霊であるアースでは敵を倒しきれなかったのか、地中から俺をカチ上げようとしてきたデスセンチピードを大きくジャンプする事で躱し、

「【ダブルショット】【インパクト】【ペネトレイト】‼」

大きく開いた口に、矢を射る。

あんなにも派手に木々を倒し続けたというのに、1体も討伐通知が流れていなかった事で薄々気がついてはいたが……、

「固いッ……」

口元で派手な爆発を引き起こし、ついでと言わんばかりにファイ達が攻撃を食らわせたというのに、倒しきれていないデスセンチピード。

深淵の森と吸魔の森は同様に、表層と中層との間にレベル差が30は存在していた為、その計算でいくと、このムカデのレベルは100を超えている事になる。

やはりまだ俺のレベルを考えると簡単に倒せるような敵ではないのだろう。

が……、どのぐらい強くなったか確認するのには丁度良い。

着地地点で再びデスセンチピードが攻撃をくらわせに来たが、それも問題なく躱して矢を射る。

「【テンスアロー】【インパクト】【ブラスト】」

10本の矢が列を成して新たに現れたデスセンチピードの元へと飛んでいくが、それでも倒せない。

「ッ【ハンドレッズアロー】【ペネトレイト】!!」

空中にいる俺を格好の餌と見たのか、デスマンティスの群れがその大きな鎌を振り上げて飛んでくるのが見えたので、そちらへと【ハンドレッズアロー】を使って牽制する。


デスセンチピードを倒しました。
▼ドロップ▼
デスセンチピードの肉×3
デスセンチピードの甲殻×7
20000G
レベルが上がりました。
レベルが上がりました。
職業レベルが上がりました。

職業レベルが上がりました。

チラッと見ると、最初に襲ってきたデスセンチピードの上でファイが胸を張っていたのでファイが頑張って倒したのだろう。

「MPやばいな……」

精霊達がどんどん消費していくだけで不味いのに、牽制の為だけに500近いMPを消費させられたりと加速度的に残MPが減っていく。

1体の敵を倒しただけで2つもレベルが上ったのだから、レベリングの場として美味しいのは間違いないのだが……試練の森では同士討ちのレベリングをするのも厳しいだろう。

高い隠密性能に高い察知性能。

その両方を持たれてしまえば、隠れながらの戦場コントロールが厳しくなるのは間違いない。

「……ッ、【ハンドレッズアロー】【インパクト】【ブラスト】」

想像どおりではあったものの、少し早かった事に悔しさを覚えながら、最後に置き土産の全力攻撃をしてから撤退を開始する。

今の攻撃で倒せたのも、手傷を負っていた数匹のみだから……流石に30レベル近く上の敵に挑むのは厳しかったか。

未だやる気に満ちあふれているファイを宥めながら、森から出て第6の街へと戻ってくる。

今行ける限界地を纏めると……深淵の森深層、吸魔の森深層、試練の森中層、王都解放条件でもある第6の街湖。の4箇所で、この中で唯一適正レベルが3桁に到達していないであろう場所が第6の街湖である。

「湖……行くか」

どちらにしろ、明日までには王都に行く事になるので今行かなくても早いか遅いかの差でしかない。それだったら湖のボス、とても巨大らしいシーサーペントに全力の一撃をくらわせて、今の俺の攻撃力を確かめるのは悪くはない選択肢だろう。

「～～♪」

何故か未だにやる気に溢れているファイを宥め……いや、

「ファイ、俺の攻撃を全力で強化出来るか？」

「～～？　～～!!」

ファイにはその溢れ出る力を俺に貸してもらおう。

言葉での返答はもらえていないので分からないが、ファイの様子を見た限りでは出来そうだ。なら、俺の持ちうる限りの全力攻撃を……シーサーペントにくらわせてやろう。

全力攻撃をするのだから、という事で新たに矢も作り、各々にも加護をかけてもらう。

素材の品質の問題か、ファイ、ライ、ヤミ、イム、ティアの5人にしかかけてもらう事が出来なかったが……これが今出来る最高の攻撃になるのは間違いない。

「じゃあ、行くか」

湖にいるソードフィッシュやブラックタイガーといった敵を20体倒してから……ボスフィールドへと移動する。

「【チャージ】【精霊王の加護】【精霊魔法：火】【火精霊の加護】【精霊魔法：風】【風精霊の加護】【精霊魔法：雷】【雷精霊の加護】【精霊魔法：水】【水精霊の加護】【精霊魔法：土】【土精霊の加護】【精霊魔法：闇】【闇精霊の加護】【精霊魔法：光】【光精霊の加護】【精霊魔法：無】【無精霊の加護】」

1分間の動けない時間が生まれる。

が、最初の1分間はシーサーペントも遠距離攻撃しかしてこないのだ。

飛んでくる水の塊をファイが真っ向から蒸発させ、ヤミが消す。

数十本単位で飛んできた水槍はすべて、ティアとイム、アースの力によっていなされた。

ファンに関しては――。

1分が経過し、遠距離最後の締めと言わんばかりのブレスを、シーサーペントは俺の幻影がいる見当違いな方向へと飛ばした。

これにより生まれた隙を見逃す訳もなく……、

「……っし、吹き飛べ!!　【サウザンドアロー】【インパクト】【ブラスト】!!」

わざわざこれだけの為にレベルを上げ、取得した弓王技Lv．8の【サウザンドアロー】。

1000本の矢が一直線に飛んでいき……湖の水面から頭を出したシーサーペントの身体を消し飛ばして湖に穴を開ける。

フィールドボスを倒しました。

▼ドロップ▼

シーサーペントの肉×8

シーサーペントの皮×14

30000G

▼MVP報酬▼

シーサーペントの肉×4

シーサーペントの皮×9

12000G

「……物足りない」

確かに、火力が高いのは分かったが、この火力がどの程度の高さなのかが全く分からなかった。

一応はフィールドボスの身体を吹き飛ばし、湖に穴を開ける事に成功したが……消し飛ばしてしまったので、身を以って火力を体感する事が出来ていない。

今の攻撃を受けてもなお生き残る。

そんな敵を思いっきり吹き飛ばしてみたいとは思うが……先行くか。

一瞬で終わったシーサーペント戦は、俺の攻撃力が高かった事に喜べば良いのか、それともシーサーペントが弱かったと嘆けば良いのか分からない結果になってしまった為、適度にもう少し強い敵を求めて王都へと行く事にした。

王都という名前なのだから、今までとは違う何かがあるだろうし……俺の攻撃を耐えうる何か、全力を出し尽くせる何かがいると考えたのだ。

「じゃあ、行くよ」

4本足のエビらしき虎みたいなブラックタイガーに攻撃を仕掛けて楽しんでいるファイとイムを促し、湖から出て王都へと向かう。

「んー……」

苦戦する事もなく、落ち着いてシーサーペントを倒せるのが分かったので、明日のキャリーの件を了承するといった内容のメールをソラへと送り、視界に入った複数の精霊を見て笑みを浮かべる。

ファイ、ライ、ヤミの3人しかいなかった時は視界に入るのがファイだけ、それどころか1人も視界に入らない事すらあったのだが、8人に増えてどうやっても視界に入ってくる精霊に、〝彼〟に近付けていないという事を……ファイとイムがいないいな。

いや、一応取得している【魔力感知】のおかげで俺の後ろに隠れているのは分かるのだが、かくれんぼか何かをしているのだろうか？

「……まあ良いいか」

好き放題に飛び回っているファイ達はこの際気にせず、想像以上の大きさを誇っている王都に入っていく。

さすがは王都と言うべきなのか、大半がＮＰＣではあるものの人通りも激しく、活気に満ち溢れた大通り。

レイナさんに以前もらった地図のような物を見ながら、【PRECEDER】のクランホームに向かい、場所を確かめる。

【瞬光】のクランとは違って中に入る事は出来ず、呼び鈴のような物を使って人がいるのか確認したのだが、誰もいなかったので諦め、少し寝るまでにあまった時間を使って素材集めなどをする事にした。


【PRECEDER】


「よ、よろしくおねがいします!!」

「此方こそよろしく……イサさん？」

試練の森中層の攻略を断念する事になった事が悔しくて深淵の森深層でレベリングをし続けた翌日、俺は約束どおりにソラと幼馴染さんをキャリーするべく、パーティを組んでいた。

ソラの幼馴染で弓を使うらしいイサさん。

……恐らく男だろうが、小柄な体格や雰囲気のせいか女子と言っても通用するような見た目をしていた。

「あ、その、たぶん僕のほうが年下なんで呼び捨てでお願いします」

「……分かった」

ソラ達のリアルでの年齢は知らないが高1の俺より年下という事はそうそうないと思う。が、わざわざリアルの事をひけらかす理由もないので言われるがままにイサ、と呼び捨てにする事を決める。

本人を確認する事なく推薦するなどと決めてしまった手前、どんな人が出てくるかと少し不安になっていたのだが、この様子ならユウさんと同類のようだし、あまり悪い人間ではなさそうだ。

取り敢えず、一応は【PRECEDER】に入る意思があるのかどうかから聞いておこう。

「【PRECEDER】っていうクランの所までキャリーするんだけれど、入るつもりはあるんだよね？」

「はい！　確かクランマスターの方が凄い弓使いらしいので、是非とも教わりたくて……」

「一応会わせはするつもりだけど……教えてもらえると確約出来る訳じゃないんだけど大丈夫？」

「はい！」

レイナさんが凄い弓使いらしいという噂が何処から広まっているのか、その噂がどのぐらい実際を下回っているのかは想像付かないが、約束は出来ないというのを伝えてからイサさんとフレンド登録をする。

「あ、れ？……レンジさんは【PRECEDER】に入ってないんですか？」

「あ、それ俺も思ったんだが。どういう事だ？　嘘ついてる訳じゃないよな？」

「まだ誘われてる段階だから……一応レイナさんにソラとイサが参加しても良いかの許可は取ってあるから大丈夫」

「誘われるなんて凄いですね!!」

「へぇ、なら良いか」

尤もな意見を言われ、未だに少し不安が残っている身としてはドキッとしてしまうが、それを表に出す事なく受け答えする。

昨日の夕食時には既に【PRECEDER】に入っていたらしい姉という爆薬があるので、本当に色々と不安な事はあるのだが……。

「じゃあ、行こっか」

集合地だった第6の街から出て、湖への移動を開始する。

昨夜は部活に一切行かなくなったせいか雫先輩から『体調大丈夫か？』と言ったようなメールが来ていた為、色々と今は雑念に溢れているが……レベルも上がっているし、余裕でワンパン出来るだろうから問題ない。

……馬鹿正直に『ゲームやってました』とメールしてしまったので返信が怖かったりするが大丈夫だよな？

「そういや、20体は倒してるんだよね？」

「そりゃな。ただ、シーサーペントが倒せないんだよ……」

シーサーペントの倒し方の王道らしい、事前の準備時間での魔法詠唱などによる火力強化。それらが一切出来ない召喚師、弓術士といったパーティだからなのか、未だにシーサーペントが倒せていないらしいソラ達。

「弓術系は何処まで？」

「い、一応弓王術まで最大に上げてます!!」

「あ、俺と同じか」

「え、お前そんだけで勝てんのかよ？」

「弓王術で覚える【サウザンドアロー】とかを使えば誰でも倒せると思うよ」

「……倒せてないんだが？」

それはたぶん【サウザンドアロー】単体で撃っているからだろう。

一応は前回同様の全力攻撃をする予定なのだが、威力の差などにあまり驚かないで……いや、驚いてくれたほうが嬉しいかもしれない。

どうせ見られる事が分かりきっているのなら全力攻撃で驚かしてみたいという思いもあるが、そこまで目を引きたくないという思いもある。

「……おいレンジ？　変な笑み浮かべてるけど何考えてんだ」

そんな内心に勘付いたのかソラに問いかけられたので、話を変えるべくイサに問いかける。

「イサのＭＰってどのぐらい？」

「２０００ぐらいです。後はＤＥＸを沢山上げてます！」

「へ、へぇー……」

力強くＤＥＸを上げていると言われてしまい、レイナさんがＤＥＸより他のステータスを重視している事を知っている身、ＤＥＸはある程度しか振っていない身として頬が引き攣るのを全力で抑えながら、もう少し詳しくステータスを聞いていく。

「因みに、どのぐらい？」

「５００ぐらいです」

「……多っ⁉」

「多いですか？」

「……俺よりは多いのは間違いないよ」

自分で言うのもなんだがトップ層のレベル、職業レベル、称号数を誇る俺ですら、ＤＥＸの値は３００程度。

これでも生産の事を考えて振っているつもりだったのだが……確かに、素のステータスで５０００を超えたＭＰ、ＤＥＸを下回った事がないＡＧＩの事などを考えるとあまり振っていないのかもしれなかった。

ＶＩＴ、ＨＰであったら自分でも足りていない事は分かりきっているのだが……そうかＤＥＸも低いのか。

「レイナさんはどんなステ振りなんですかねー……？」

「ど、どうだろうね??」

　ＳＴＲ特化だろう、間違いない。

　先ほどよりも一層引き攣る頬を頑張って抑えようとしながらも、湖に着いたのでソラ、イサに確認を取ってからフィールドを移り変える。

「……因みに、俺達は何をすれば良いんだ？」

「…じゃあ、守り？　あと、一撃をくらわせてくれると助かる……まあ、待ってて【精霊王の加護】【精霊魔法：火】【火精霊の加護】【精霊魔法：風】【風精霊の加護】【精霊魔法：雷】【雷精霊の加護】【精霊魔法：水】【水精霊の加護】【精霊魔法：土】【土精霊の加護】【精霊魔法：闇】【闇精霊の加護】【精霊魔法：光】【光精霊の加護】【精霊魔法：無】【無精霊の加護】【チャージ】」

「は？」

「ジャァアアァァァァア!!」

「【ハンドレッズアロー】【エンチャント】『水』!!」

「いや、ちょ、は!?」

　シーサーペントが最初に放ってきた攻撃の大半を撃ち落としたイサに内心驚きながらも、動けない体で２人を見続ける。

「ソラも防御やんないと！」

「あ、ああ……後で聞くか」

　想像以上に張り切っているイサに対して、歯切れの悪いソラだったがようやく気持ちを切り替えたのか、従魔を使ってしっかりとシーサーペントの攻撃に対する防御をし始めた。

正直な話をすると、何もしなくてもファイ達がどうとでもしてくれるのだが……まあ、見せないで済むのなら見せないに越した事はない。

流石に最後のブレスはファンに任せる事になるだろうが……。

「ぶ、ブレスどうしよう!?」

「俺等じゃ無理だから諦める」

「え、でも……」

「どうせレンジの事だから奥の手の2つや3つあんだろ」

「あぁー……」

ソラ達がそんな呑気《のんき》な会話をしていると、見当違いの方向にブレスが発射され……、

「【サウザンドアロー】【インパクト】【ブラスト】」

俺から、即死の一撃が放たれて、戦闘が終了した。

「え、えぇ……」

「あー、レンジ?　ツッコミどころ多すぎるんだが!?　ってか、まじ光精霊ってなんだよ!?」

「光以外の6属性を全部取得すれば自動で入手出来るよ」

「へー……じゃねえ!?　おまっ、そんな重大情報をポロッと吐くなアホか！？？」

ナオとしたような会話をしたせいで尚更ソラとナオが重なりだす。

人が好いのか悪いのか……ソラが得するだけなのに、わざわざ忠告してくれているという事は悪

い奴ではないのだろう。

「まあこのぐらいの話ならいくらでもあるし」

「は……？」

『Black Haze』の〝欠片〟の討伐報酬に祈祷者《きとうしゃ》、精霊王の加護に関する情報に『たからのちず』、魔石の上位アイテム。

情報だけでもこのぐらいはあるし、持ち物の中には未だ残っている土竜の皮や土竜の肝など様々な物がある。

土竜の皮に関しては、前回楓さんに渡すタイミングがなかったので未だストレージ内に眠っているだけなのだが、それを抜きにしても手がつけられないアイテムがいくらでもあったりするのは間違いない。

ソラが欲しがりそうな魔石だって数十個は持っている。

どうせなら売っ払いたいぐらいなのだが……上位アイテムである魔核を見たらソラはどんな反応をするのだろうか。

「そんな事より、王都に行くよ」

「はい!!」

「そんな事!?!?　イサも従順になってんじゃやねぇ!?」

未だにギャンギャン騒ぐソラに許可を取る事なくボスフィールドから退出し、普通の湖フィールドへと戻ってくる。

島にいた時と同じ感覚で俺の肩を掴もうとしたからか躓《つまず》き、ぶっ倒れそうになったソラを俺とイサは放置し、王都へと向かい始めるのだが……、

「ソラを放置しても良いの？」

「良いんです！　余計な詮索をするソラが悪いんですから！」

「へぇ……」

「ちょ、俺別に詮索した訳じゃないんだが……ってかさ……」

想像以上に早く復帰したソラに肩を掴まれ、強制的に向きを変えさせられる。

「あれ、何？」

ソラが指差した先ではソードフィッシュがイムとファイの手によってコンガリと焼かれていた。

確かに、あれは初めて見る人であれば全員驚くだろう。

何故イサがそこまで驚いていないのが気になるが、俺も初めて見た時は普通に驚いた。

「ってなんでイサはそっち側なんだよ！」

「レンジさんなら出来そうだなって思ったから？」

何故か尊敬の眼差しのような物を向けられている事に気付き、頬がひくつく。

それに気付いたソラが鼻で笑ったが、それを無視して再び王都へと歩き始めた。

「レンジさん！　僕もあんな攻撃を出来ますかね!?」

「ん……どうなんだろ」

あの攻撃は最低でも６０００ＭＰを消費するので、今のままだと絶対的に成し得ないだろう。

だが、正直精霊達がいないのであればＭＰに特化させるのはあまりオススメ出来ないので、イサへの回答は曖昧に誤魔化す事になった。

「俺とレイナさんでは全然戦い方が違うし、イサなりの戦い方を見付けていけば良いと思うよ」

「僕なり……ですか？　分かりました！　頑張ってみます！」

「……レンジがくさい事言ってる」

再び、変な事を言ったソラを無視して歩みを早める。

弓の扱いに関してはレイナさんに丸投げするつもりだが、ある程度は俺の知っている限りで話しておこう。

「【回収】って取ってる？」

「【回収】……ですか？　取ってません」

「もし命中率が低いんだったら、【回収】を取ってみると良いかも。レベル5、30ポイントは消費しないと使い物にならないんだけど、矢の消費が抑えられるよ」

「そうなんですか……取ってみます！」

「で、弓を扱うならＤＥＸだけじゃなくてＳＴＲ、ＡＧＩも上げたほうが良いと思うよ。ＳＴＲで攻撃力、ＡＧＩで連射速度が変わってくるから」

「へぇー!!」

まあ、俺みたいに【弓技】スキルを使った魔法攻撃をする人は、ＳＴＲよりＩＮＴを上げるべきな気がするが。

他にも話すべき事は……。

「弓術の命中補正って、10m先での曲がってる角度だから、それを考えると割と射程ギリギリから撃ったほうが当たると思う」

これに関しては時間があった時に試したので間違いない。

命中補正が90%あれば、10m先の的に10m逸れた場所を狙っても当てる事が出来る。

ライの協力もあったので少し違ったが、それと似たような事をしたのが第3の街迷宮の特殊ボスとして出てきたゴブリンジェネラル戦だ。

命中補正90%は半径10mの円周上を矢が飛び回り続けられるという意味の分からない性能を誇り、あの時はそこまで命中補正がなかったとはいえ、代わりにライがいた。

そう考えると本当に精霊はチートなのだろう。

「そ、そうなんですか……でも、僕何故か当てられなくて」

「んー……イサってさ、敵を射る時何処を狙ってる？」

「躱すだろう先です」

「……それはやめたほうが良いと思う」

命中補正の性質上、躱す先を推測して射ても、勝手に〝今いる〟場所へと曲がってしまう。

曲がるのは一度だけなので、例えその推測が当たっていたとしても躱す前にいた場所を狙ってしまうので当たらなくなるのだ。

システム的な物だからか命中補正を解除する事は出来なくはないのだが、それでなんとか出来るのは、レイナさんのような本当に限られた人々だけだ。

俺はライ……今はイムだが、風精霊がいるので解除しようと考えた事もあったが、結局はそのままにしている。

「分かりました！」

「……話に全くついていけねぇ」

「あ、【PRECEDER】にはレイナさん以外にも弓使いはいるから、その子とも話してみると良いよ」

「分かりました!!」

「ソラは……召喚師は俺の知る限りだといないんだけど」

「だろうな。因みに、俺【PRECEDER】にはレイナって人がいるぐらいしか知らないんだが、他に誰がいるんだ？」

「俺の姉とユウさん、十六夜さんだな」

「十六夜!?」

さすがは十六夜さん。

驚きの声を張り上げたソラに、イサも流石に驚いたのか目を見開いているが……本当に十六夜さんは有名なんだな。

「あの人がクランに入ってんの!?」

「うん、サブマスターだったはず」

「え、そういうしがらみが嫌な人だって聞いてたんだけど……」

ほぼほぼ俺の姉のせいな気がする……十六夜さん申し訳ない。

「……僕なんかが入って大丈夫なんでしょうか」

「それは全く問題ないと思う」

俺の推測ではイサが歓迎されるのは間違いなく、ほぼほぼの確率で弓の扱いも教えてもらえると思っている。

レイナさんの目標である弓使いを認めさせるという道に、弓使いはいればいるほど良いはずなのだ。

まあ……。

「なんだ？」

「いや、イサが歓迎されるのは間違いないだろうけど……って」

「おい⁉」

「冗談だよ」

ソラは……よく分からない。

姉も大丈夫だったのだから拒絶されるような事はないだろうが、歓迎されるかどうかは不明といった所だろう。

それでも、レイナさんの事だから平等に歓迎しそうだが。

そんな会話をしている内に王都に辿り着き、中に入る事が出来た。

因みに、王都の周囲の草原には魔物がいない。

それもあってなのか開放的な門がいつでも開かれ、並ぶような事もなく王都の中に入る事が出来るのだ。

「クランホームって何処にあるんだ？」

「こっち、ついてきて」

「ああ」

前回一度来ているので、既に覚えている道を通ってクランホームへと向かっていく。

予めこの時間帯にクランホームを訪れる事は伝えているのでレイナさんもきっといるだろう。

「え、西区なのか？」

「そうだけど、何か駄目なの？」

「いや、墓地区が近いなって。戦闘狂でもいるのか？」

「⁇」

何故墓地区が近いと戦闘狂がいる事になるのか疑問ではあるが、クランホームの目の前に着いたので聞く事はせずに、呼び鈴を鳴らす。

ほどなくして出てきた……姉ェ。

「ん？　レンジのお友達？」

「まあ、そんな感じ」

「2人がレンジが推薦した子であってるの？」

「うん」

「へぇー……まあ入って入って」

「え、まじ？」

「どうしたのソラ？」

「い、いや軽すぎないか？」

「そうか？」

ソラが少し挙動不審になりながら建物へと入っていくのを眺めながら、俺も入っていく。

一応俺も初めて入るわけだが……大きな広間のような空間の先に2つの扉、右にカウンターのような物があり、左には上に登る階段と下に下る階段が存在した。

「お、おぉ……」

何故か少し感激しているソラを無視して辺りを見回していくが……【瞬光】ほどではないが、しっかりとした建物のようだ。

システム的な進入許可をもらったタイミングはなかったので、あの時も入ろうと思えば入れたのだろう。

「今はレイナと十六夜しかいないけど……取り敢えず申請しないと何も出来ないし申請しに行くわよ」

「あ、あぁ」

「はい！」

何故か未だに感激しているソラを放置している2人に、なんとも言えない気持ちになりながらも、姉が開けた右側の扉から、中へと入っていく。

「あ、レンジさん。……と、その方が？」

「そうですね。一応弓使いらしくて連れてきてしまいました」

「あ、えっと、イサです！　職業は弓術士、レベルは62です！」

「はじめまして。【PRECEDER】のクランマスターをやっているレイナです。よろしくおねがいします、イサさん」

「え、あ、はい!!」

緊張からかガチガチになって自己紹介を始めたイサになんとなく生暖かい視線を向けながら、部屋を見渡す。

机に8個の椅子、そして凄い柔らかそうなソファーがあるのだが……十六夜さん、レイナさんはソファーに座る事なく、椅子に座っていた。

そんな会議室のような空間に違和感なく存在出来ているソファーになんとも言えない気持ちになったが、それ以上にそれを使っているであろう人物を考えるとため息が出た。

……マスター押しのけて何一番いい席座ってんの姉ェ。

「で、そちらが……」

「あ、召喚師のソラです。未だ至らぬ身ですがイサ共々よろしくおねがいします」

「……敬語使ってる」

「こちらこそ、よろしくおねがいします」

「あっ、はい。お願いします」

俺の呟きが聞こえたからか、顔を此方へと向けてきたソラだったが、レイナさんの言葉を聞いて慌てて向き直り、その後俺を睨んできた。

悪かったとは思うが、ナオと同類だと思っていたソラが敬語を使った事に驚きが隠せなかったのだ。

「じゃあ、加入申請をお願いしてもいいですか？　この空間であればすぐに出来ると思うので」

「「はい！」」

「分かりました」

空中を注視し始めたソラとイサを横目に、俺もメニューから選択出来るようになっているクランという所を押し、加入申請する。

即時に許可されたのでクラン内容を見てみると……現在所属人員数が8名、クランランクは2だった。

「これでクラン員は全員ですね」

因みに、クラン員はレイナさん、十六夜さん、ユウさん、姉、楓さ……楓さん⁉

「え……楓さんも入ってくださったんですね」

「あー……それはその……」

珍しく言い淀《よど》むレイナさんを見る限りではなんとなく言いづらそうではあるが、気になるので無言で見つめ続ける。

「1人を誘ったら芋づる式に入ってくださった感じですね」

「え？」

「レンジさんを誘ったらルイさんが、ルイさんが入るなら十六夜さんも、十六夜さんも入るなら楓さんも……と言った感じです」

十六夜さんと楓さんの繋がりは……十六夜さんの装備を楓さんが作っている以外にもあるのだろうか？

まあそこら辺は聞くべき事でもないので気にしないほうが良いのだろう。

厳密に言うと俺よりも姉のほうが先のような気もするが、一応は全員が知り合いのようで良かった。

「え……楓さんってその、あの楓さんですか？」

「〝あの〟が何を指しているのかは分かりませんが、皮装備とかを作ってくださっている楓さんの事を指しているならあっていますよ」

「え、凄いんですね、このクラン」

思わず本音が漏れたとでもいったような雰囲気でポロッと溢れたイサの言葉に、レイナさんが苦笑する。

確かに、十六夜さん、レイナさん、楓さんがいるのだからその道のトップが3人もいるという事になる。

俺なんかがいなくても全く問題ないだろう。

「私としては弓を扱う仲間達と仲良く出来れば良かったんですけど……クランマスターとしては嬉しい限りです」

「え、あ、その……俺、皆さんの事をよく分からないんで親睦会みたいなのを出来ると嬉しいんですけど……」

そんな厄介な事を言い出したソラに思わず目を見張るが、レイナさんとしては元からそのぐらいの事はする予定だったのだろう。

軽く頷いてから今日の午後、今いないユウさん、楓さんがイン出来るからそのタイミングでやるつもりだと言った。

「……」

面倒くさい事この上ないのだが、ソラとイサを連れてきてしまった以上、参加しない訳にもいかないし、この雰囲気の中参加しないとは言いづらい。

そもそも姉と十六夜さんが家にいる以上、参加を断る口実すら作る事が出来ないのだ。

「あ、なら私行きたい所があるんだけど」

「……一応お伺いしても？」

唐突に言葉を発した姉に、レイナさんは少し警戒しながら発言を促す。

満面の笑みを浮かべている姉にレイナさんが警戒してしまったのを見て、なんとなく申し訳なくなりながらも……。

「古代湖のレイドボス、挑戦してみない？」

姉の碌《ろく》でもない提案に、思わず宙を仰いでしまった。

「悪くは無――」

「姉ちゃん……なんで古代湖？」

レイナさんの発言を途中で遮ってしまった事を申し訳なく思いながらも、俺にとっては死活問題だったので、事情を知っている姉以外には悟られぬように気を付けながら、問い詰める。

「え、だって……どうせなら強敵を仲間と共に打ち破るっていうの、やってみたいじゃない」

なんだそれ、と思った姉の発言だったが、想像以上にレイナさん、ソラ、イサには刺さったようだった。

俺にしてみれば他のプレイヤーなんて要らない存在は抜いて、精霊達とクロだけで良いのだが……。

「そうですね……今はいないユウさんと楓さんに聞いてみないと分かりませんが、悪くはないと思います」

「ぼ、僕もいい案だと思います！」

「あ、俺も」

「ん」

……唯一肯定的な反応を示さなかった俺へと、視線が集まる。

「何？　レンジ行けない理由でもあんの？」

「……いや、ないよ」

「なら賛成ね」

「……ああ」

結局、姉の頭の悪い提案は可決され、後はユウさん、楓さんの確認を……という事になった。

俺も泳げないから水場に近付きたくないという理由だけで嫌がる訳にもいかず……ユウさんか楓さんのどちらかが拒否するのを願うしかない状況に陥っていた。

「あ、あの！　僕――」

「イサさんのそれですが……レンジさん、ちょっと戦ってみませんか？　イサさんに、弓の可能性を見せたいんです」

へ？

決闘

クランホームの地下にある修練場を使って、俺とレイナさんが戦う事になったのだが……表ルールと裏ルールが作られていた。

もちろん、両方共に両者同意の上でのルールだが。

表と裏に分けられている理由だってシステムで縛れるか縛れないかの差をつけているだけなので、そこまで深い理由はない。

表ルール：１　接近の禁止
表ルール：２

スキルの禁止
裏ルール：1　互いに射る数は1つずつ増やしていく
裏ルール：2　躱すの禁止

要約すると、自分に中《あた》る相手の矢を撃ち落とせなくなったら負け、というゲームである。

ステータス以外はリアルの能力が反映されている。

お互いに初期弓、初期矢縛りなので、装備性能にも差はない。

「……では、よろしくおねがいします」

「こちらこそ、よろしくおねがいします」

お互いの距離は凡《およ》そ50m。

矢が飛んでくる速度がSTR値の補正によって加速する事を考えれば……本当に、一瞬で勝負が決まりかねない戦いだ。

動体視力などはAGI値依存らしいので、それだけであれば負ける気はしないが……本当に、頑張るしかない。

近いようで遠い所で、レイナさんが矢を番える。

正直、お堅いさんであればこの風景だけを見ても発狂物だろう。

お互いに、心の臓を狙っているのだから。

ただ、今回の場合は……。

空中で矢が――、

「……」

「ふぅ」

――ぶつかった。

良かった、しっかりと矢が見えていた。

これなら、集中力の続く限りは負けない。

矢を、番える。

反対側で構えているレイナさんがしっかりと構えたのを確認してから、狙いを定める。

狙うは心臓、これだけは外さない、外せるわけがない。

俺が、狙われたのだから――、

「……」

「へぇ」

――伝わった。

いつものレイナさんではないかのような、低く、平坦な……それでいて、獰猛《どうもう》さが隠れ住んでいる声が、修練場に響き渡った。

たとえゲーム内であっても、毎日のように、1日中ずっと射続ければ、誰にだって分かる。

矢の軌道は、コントロール出来る。

この勝負で、一番良い軌道は何か。

そんなのは何処にもない。

ただ、その場その場で、求められる物が違うのだから。

どういった軌道で矢が飛んでくるか、何処を狙った狙撃なのか。

AGIが高いからなのか、俺には一目見て分かった。

全く、隠れない。

一直線に何かを狙う――レイナさんのそういった性格が現れたのか。

ただ、俺は――。

「……はぁ」

「ふぅ」

――追い詰める。

それだけの目的を以ってレイナさんと同じ軌道、同じ場所を狙う。


心臓、右目、左目、左手首、左肩、左耳etc……。

いくつ射たかはどうでも良い。

ただ、只管《ひたすら》に。

その技術に焦がれ、求めた。

恐らく、この戦闘の間に俺は良く分からない技術を身に付けているだろう。

それはレイナさんも同様で……。

「さぁ……もう1ギア上げ――」

「ちょっと戻ってきてください!!」

「「へ？」」

「あ、いえ、その！　凄いのは分かったんですけど、なんか怖いっていうか、怖かったです！」

さほど射た気がしないので、あっても10程度だろうが、イサにはそれで充分なようだった。

俺としては、レイナさんと全く同じ軌道で射るという超高等テクニックを未だ身に付けられていないので勝負は続けたい気分なのだが……レイナさんも、似たような感じだろう。

あの笑顔は何か、怖いものを感じるのだし。

「あ、でそのー……レイナさんは僕に何を教えてくださろうと――」

「こういった楽しい事が出来ますよっていう……」

精霊神の残影

古代湖への挑戦。

それが姉の手によってほぼほぼ確定してしまった為、気を紛らわす方法を探していた所、その姉に『墓地区にでも行ってくれば？』と言われたので移動を開始していた。

「へぇー……墓地区ってダンジョンになってるんですか」

「ん」

で、何故か『暇だから』という理由でついてきた十六夜さんに墓地区についての説明をしてもらいながら、移動を続ける。

それにしても……王都内、しかも墓地区がダンジョンになっているというのは問題しかないような気がするのだが。

「……それ、良いんですか？」

「ん……良いと、思う？」

他のクラン員達はやりたい事があるからという理由でパスした墓地区への侵入。

王都内にある墓地区がダンジョンになってるなど良いのか？　と思わないでもないが、ゲームの中なので深く気にしない事にしてから……鉄の柵で出来た扉を開ける。

「……また後で、」

「？・？・？・」

突如暗転した視界に、切り替わったフィールド。

周囲を墓標で囲まれたボスフィールドに俺はいつの間にか移動していた。

ど真ん中で光り出す魔法陣に少し慌てながらも、出てくるであろう敵を推測する。

墓地だからゾンビとかなのは間違いないだろう。

が、あの魔法陣の大きさは人型ではなく、それこそバジリスクぐらいの……。

「ジャァァァアアァァァァアアアァァァ！！！！！」

特殊クエストが発生しました。

『嘆きの怨霊』

クエスト達成条件は、

『虚骸のバジリスク』の討伐

0／1

です。

「え」

本当の中層のボスには遭った事がないので分からないのだが、俺を威圧する咆哮《ほうこう》に、鋭い目線。

片方の眼には眼球がなく、代わりと言ってはなんだが矢が刺さっていた。

全身にかかっている蜘蛛の糸に、腐敗しているのか所々抉れている身体。

恐らく……俺が深淵の森深層で初めて倒した、バジリスクだろう。

「……丁度良い」

ならばレベル100を超えているのは間違いなく、なんかパワーアップしているようにも見えるのだから、俺の全力をぶつけるのに丁度良い相手だ。

ボスだからなのか知らないが、素晴らしい事にフィールドが移り変わり、誰も見ている人がいない状態。

こんなの……古代湖の憂さ晴らし、そしてシーサーペントと戦った時に感じた物足りなさを満たすのに丁度良い!!

「【テンスアロー】【インパクト】【ブラスト】」

「ジャアァァァアッ!!!!」

ファイを筆頭に精霊達が率先して戦いに行こうとしているのを抑えながら……ブレスを矢の群れで吹き飛ばす。

「速攻で死なないでくれよ? 【ハンドレッズアロー】【インパクト】【ペネトレイト】」

深淵の森深層では同士討ちによる漁夫の利しかした事がなく、真っ向勝負をした時の強さは全く想像付かないのだが、シーサーペントなんかより弱いなどという事はあり得ないだろう。

顔……ではなく、未だ健在の右腕を狙って射た、１００本の矢。

それらはブレスにより吹き飛ばされたり、地中から生えた土によって止められたりもしたが、最終的にはなんの問題もなく右腕へと殺到した。

「ジャァァアアァアア！！！」

「……もしかして弱いのか？」

消し飛んだ右腕にそう思うのも束の間、バジリスクの周囲に展開された大量の土の槍、そしてブレスが飛んでくる。

「【ハンドレッズアロー】【インパクト】【チェイサー】!!」

ブレスを後ろに飛ぶ事で躱しつつ、すべての槍に矢をカチ合わせて迎撃する。

30本近い量の槍をすべて迎撃出来た事を確認してからすぐにMP回復薬を飲み、バジリスクを見据える。

「……ッチ」

想像以上に爛《ただ》れた地面の範囲が広いせいで、ブレスを連発されるとそもそも足場がなくなるという事で、短期決戦を強いられた事に思わず舌打ちが漏れた。

「【テンスアロー】【インパクト】【ペネトレイト】」

真上に射た事でバラバラに飛んでいき、バジリスクの様々な関節を狙った矢はすべて、尻尾による薙《な》ぎ払いによって弾かれてしまったが……、

「【ハンドレッズアロー】【インパクト】【ブラスト】」

回転直後にぶつける【ハンドレッズアロー】が本命なのだ。

そんなのはどうでも……ッ！

「ジャア゙ァ゙アアァァア゙！！！」

バジリスクの咆哮と共に放たれた、先ほどよりも強大なブレス、そして土の槍。

ただこちらへと飛んでくるだけでなく、真下からも生えてきた槍の数々は、アースの忠告がなかったら……と考えると冷や汗が出るぐらいの量だった。

「さっきより強くなってる？」

空中から俺を狙ってきた槍の本数も50を超えており、ブレスの範囲も拡大されていた。

虚骸《きょがい》……ゾンビになったお陰でそういう特性を獲得したのかどうかは知らないが……それはそれで良い。

限界まで強化された後にしっかりと、俺の手で吹き飛ばしてやろう。

「【ハンドレッズアロー】【インパクト】【ブラスト】!!」

今度は右足を狙って１００本の矢を射る。

流石にバジリスクも前回ので学習したのかブレスや石の壁、石の槍で相殺させようとするだけでなく、躱そうとしたのだが……、

「イム!!」

「ジャアァァァア゙！！？」

躱させる訳がない。

腕を吹き飛ばした時よりも相殺されてしまったせいか、右足を吹き飛ばすには至らなかったのだが、もう一度やれば吹き飛ばせるだろう。

「……ツッァアアアアァアアアアアアアアアア！！！」

繰り出された100を超える土の槍。

「ッ、【精霊魔法：闇】【闇精霊の加護】【精霊魔法：火】【火精霊の加護】【ハンドレッズアロー】【インパクト】【ブラスト】!!」

流石にそれは全力で対応しないとまずいと思ったので闇精霊の加護を発動する事でMPの消費割合を減らし、火精霊の加護で火力の底上げをしながら、出来る限りのMPを込めて迎撃する。

「ッチ、残MPがやばい」

闇精霊の加護を発動した時は瞬間的に8000を超えたMP最大量だが、加護を発動させ続けるのはデメリットのほうが多く、すぐに解除する事になった。

MP回復薬を飲んだ今、残MPは1500ほど。

「……速攻か」

正直、舐めていた。

強くなると言っても俺の【ハンドレッズアロー】の連射を受ければすぐにでも倒れると思っていたし、100本もの槍を同時に飛ばしてこられるとも思っていなかった。

「ジャァアアアアアアアアア！！！」

再び飛んでくる、１００本の槍。

当たり前だが、通常状態の矢では槍に対抗出来る訳もないので……その場からなるべく動かず、的である自分自身を最小限の大きさにしながら矢を射て槍を逸らしていく。

精霊達の力を借りてしまうとＭＰの消費を抑えられなくなってしまうので自力での技になるのだが……想像以上に厳しい。

流石に俺の横を通過した槍が後ろから襲ってくるような事はないので、真正面の５、６本の槍を受けるだけで良いのだが……、

「ッチ【テンスアロー】」

運悪く、全く同時のタイミングで俺へと向かってくる槍があると、流石にスキルを使っての逸らしをせざるを得なくなった。

バジリスクは飛んでいる槍をコントロールする、という事は出来ないようで、計５回の槍の弾幕をいなせば良かった。

槍の先端と直撃せず、それでいて掠《かす》りはするぐらいの攻撃をし続け、少しずつ前に出る事数秒、ようやく槍の弾幕が晴れ……、

「【ハンドレッズアロー】【インパクト】【ブラスト】!!」

「ジャァァアァァアァ！！！」

俺の１００本の矢と、バジリスクの１００本の槍が直撃した。

爆破などによる土煙により、見通しの悪くなった視界。

それはバジリスクにしても同様の事だろう。

「【精霊魔法：火】【火精霊の加護】【精霊魔法：水】【水精霊の加護】【精霊魔法：土】【土精霊の加護】【精霊魔法：風】【風精霊の加護】【精霊魔法：雷】【雷精霊の加護】【精霊魔法：光】【光精霊の加護】【精霊魔法：闇】【闇精霊の加護】【精霊魔法：無】【無精霊の加護】……【ショートワープ】」

このゲームに適用されている、部位欠損システム。

例えば、腕の1本を失うと攻撃力、最大ＨＰなどが減り、『状態異常：平衡感覚麻痺』のような物に陥るらしい。

他にも、足を失うと速度や最大ＨＰなどを、眼を失うと『状態異常：盲目』などに……と、何が言いたいのかというと……。

「……【ダブルショット】【クイック】【インパクト】【ペネトレイト】」

ナオにアドバイスをもらって上げた、【歩技】。その最後に覚えた【ショートワープ】を使ってバジリスクの真横上空へと転移した俺は……全身全霊の攻撃をもって、バジリスクの頭部を吹き飛ばした。


特殊クエストのクリア条件を満たしました。

『嘆きの怨霊』
▼報酬▼

称号【鎮魂者】
STP5
SKP5
スキルレベル限界上昇チケット×1
1000G

「……ふぅ」

いつものようなフィールドボスとは違い、獲得アイテムや経験値などが一切表示されなかった代わりに表示された、クエストの達成通知。

怨霊というだけあって既に倒れた敵だったからドロップアイテムなどがなかったのだろう。

称号以外には何も得られなかった割には結構な達成感に包まれながら、フィールドを移動する。

俺が別フィールドにてバジリスクと戦っていた間、ずっと待機していてくれたのか、門の前にいた十六夜さんに驚きながらも、話しかける。

「こんなのあるんですね」

「ん……おつかれ。ダンジョン、行く？」

「あー……じゃあ、それより先に――」

偶々視界に入ったそれ。

十六夜さんは一緒に行動するつもりのようだが、敵と戦う訳でもないのだから別に良いだろう。

十六夜さんが頷いたのを確認してから、俺は歩き始めた。

「おぉ……」

墓地区を見回した時、偶々視界に入った苔《こけ》に覆われた神殿のような物、そこへと来ていた俺は中の想像以上の凄惨さに驚き、声を失った。

恐らくは三柱の神であろう何か——たぶん精霊神、竜神、獣神だろう——を覆い尽くすように生えている大量の蔦《つた》。

草木も生えていない墓地区で何故苔が生えているのか疑問に思ったりしていたが、これが神様パワーのような物なのだろう。

ファイ達に限らず、十六夜さんの精霊までもがその像達を気にしていた為、何かしなくてはという気持ちになるが、そういったアイテムは持っていない。

まあ……出来る範囲でやろう。

「十六夜さん、少し清掃をしてっても良いですか？」

「手伝う」

「ありがとうございます。取り敢えずは……十六夜さん、蔦切るの手伝ってもらっても良いですか？」

「分かった」

ストレージ内にあった短剣を取り出し、像に絡みついている蔦を、像を傷つける事なく丁寧に取り除いていく。

一番左にあった竜の像から始めたのだが、十六夜さんは既に一番右の獣の像を終わらせ、真ん中の精霊らしき像に絡みついた蔦を取り除き始めていた。

想像以上に蔦の除去作業に梃子摺っていることに情けない物を感じながらも、終わった後にティアにお願いしてすべての像を水で洗い流してもらった。

「……水精霊」

「自作の★4以上の武器で敵を一定数倒せばクエストが発生しますよ」

「え……？　ありがと？」

「精霊の存在を教えてくれたお礼です」

なんの条件もなく教えた俺に十六夜さんが驚いた顔を向けてきたが、あんなにも早く精霊を召喚できたのは十六夜さんのおかげなのだ。

交換条件で知りたい物がない今、別にクエストの発生方法ぐらいは話してしまって問題ない。

「レンジ、何か知りたい事、ある？」

「んー……今の所は……ないですね」

ファイに力を借りて像を乾かすついでに周囲の蔦を焼き払ってしまって良いのかは知りたいが、そんな事を十六夜さんが分かる訳がない。

もし神殿内を燃やすのが背信に相当する行為で、それのせいで【精霊王の加護】が失われてしまったりしたら目も当てられないのでやるにやれないのだが……。

「イム、蔦を全部刈り取れる？」

イムが頷いたのを確認して、ほっと息をつく。

風精霊の力で風を起こし、蔦を刈り取るぐらいならば流石に大丈夫だろう。

十六夜さんも俺に続いて、狼を使って蔦を刈り始め……数分も経たない内に神殿内の蔦をすべて刈り取る事に成功した。

「……」

い、一応祈っていくか？

十六夜さんの眼もあるが、別に神様に祈るぐらいならば普通にあり得る事だろうし……。

神様神様……どうか沢山の精霊と仲良くなれますように……。


【精霊神の残影】を獲得しました。

「……え」

姉と泉月さん

想定外すぎる称号が手に入った事、十六夜さんが同じように声を発した事で、もしかしたら……と思って十六夜さんを見ると、同じ事を考えていたのか視線がぶつかった。

「十六夜さん……どうでした？」

ちょっと申し訳なくはあるが、【精霊王の加護】、【祈祷者】などと、色々と今の行為に関わり合いがありそうなスキルを元から持っていた俺は、もしかしたら得られた称号も違うのではと思い、十六夜さんに問いかける。

「【精霊王の加護】、【祈祷者】」

「へ、へぇー」

「レンジも？」

「……まあ似たような物です」

先ほど軽く目を通した時に見えた、「精霊神が見た光景を一部読み取れる」みたいな文章。

こんな物気軽に話せる訳がない。

「……迷宮、行きますか？」

「……レンジに付いてく」

なんとも優柔不断な回答をもらい、思わず唸ってしまう。

クランに戻ってこの称号について吟味してみたい気持ちはあるが、少し落ち着く為に迷宮へ行っておきたいという思いもある。

なんなら腫れ物には触りたくないといった思いすらも存在するので……、

「迷宮、行きましょうか」

「ん」

迷宮に行く事にした。

鉄の柵で出来た門から神殿の所に来るまでに沢山あった、穴のような場所から十六夜さんが飛び降りたのを確認して、俺も飛び降りる。

この墓地区には魔法陣がなく、厳密には迷宮ではないらしいが、潜れば潜るほど強くなるらしく、迷宮と呼ばれているらしい。

因みに、迷宮から帰る方法は先ほど飛び降りた穴から出なくてはいけないらしく、重装備の……それこそ姉のようなプレイヤーはどうするのか気になったのだが、それは今は良いだろう。

「ん、任せて」

早速現れた人型のゾンビを一瞬で斬り伏せる十六夜さん。

MPが心許ないので助かりはするのだが、この様子だと俺がやれる事など何1つないだろう。

一応MP回復薬を飲んだ後、弓を構えて【気配感知】などで索敵もするのだが……十六夜さんが凄い速度で敵へと肉薄し、一瞬で首を狩る為、俺がやれる事は本当に何1つなかった。

「流石ですね……」

「レンジも、する？」

「んー……俺の事はお構いなく」

「分かった」

戦わないですむのならば、ここでは20体の最低ノルマなども存在しないだろうし戦う必要がない。

虚骸のバジリスク戦で昂《たか》ぶった気持ちのまま敵と戦っても碌な事にはならないだろうと、戦闘はすべて十六夜さんに任せる事にする。

俺は戦いを全面的に十六夜さんに任せつつ、警戒が疎《おろそ》かにならない範囲で【精霊神の残影】を確認し始めた。

んー……記録の一番最初も最後も、この大陸ではなさそうだ。

【精霊神の残影】の中には、大雑把に分けると2つの記録が存在した。

巨大な樹の下、広大な緑が広がっている……キャラ作成の時に見たような大陸にいた頃の記録。

そして、記録がまばらになっている、別大陸の科学文明を見ている時の記録。

普通に『Black Haze』を作った国と関わり合いのありそうな記録なのだが、この国は既にキャラ作成の時に見たような荒廃した大陸になってしまっているのだろう。

色々と詳しく見ていけば、本当にスイさんからいくらでも金を毟《むし》り取る事が出来そう――。

「……レンジ？」

「あっ、すみません」

「ん……2層、行く？」

「……戻りましょうか」

人工神などという非常に興味をそそられる一文を見つけてしまったからか、十六夜さんに不信感を抱かれてしまったが、出来る限りで取り繕い、帰る事を願う。

迷宮に行けば気持ちも落ち着くかなとは思ったが、これは駄目だ。

十六夜さんという安心出来る前衛がいる以上、俺は【精霊神の残影】に意識を向ける時間が出来てしまい、余計に詳しく見てみたいという気持ちが増えてきてしまった。

「……あ」

「どうしました？」

「……。昼、私作る」

「え、姉がやると思うんですけど……」

何か忘れ物をしたかのように軽い感じでそんな事を言い出した十六夜さんに、つい驚きの声を上げる。

十六夜さんの事情で泊まりに来ているとはいえ、お客さんにご飯を作らせる訳にはいかないだろう。

姉であれば普通にそのぐらいはやらかしそうだが、俺としてはそんな事は認められなかった。

「そのぐらいは、する」

「……、俺が作りますよ？」

「……。……じゃあ、手伝う」

「そのぐらいなら……？」

十六夜さんの気持ちも分からなくはないので、妥協案として十六夜さんに料理を手伝ってもらうという事になったが……どう考えても1人で作るほうが精神的に楽なのは間違いない。

はぁ、姉め。


クランに戻ってから、いい頃合いという事もあり、ログアウトしてご飯を作る事にした。

十六夜さんにバレないようにログアウトし、さっさと作ってしまおうとも考えたが、そんな事を出来る訳もなく、普通に十六夜さんとご飯を作る事になったが……まあとっとと終わらせてしまおう。

……姉と2人なら手っ取り早くインスタント物を各々で作ったりもするのだが、十六夜さんもいるのにそんな手抜きをする訳にもいかない。

かと言って真っ昼間から重たいものを作る気にはならず、今夜は天ぷらにする予定なので油っぽい物を作る訳にもいかないだろう。

「……姉がいつログアウトするか分かりませんし、サンドイッチでも作りましょうか」

「ん」

ゲームアバターの白髪を黒髪にした感じで、それ以外はほぼほぼ変わらない雰囲気の十六夜さん……泉月さんと呼ぶべきか？　よく考えれば名字も知らないし……十六夜さんで良いか。

「じゃあ、十六夜さんは――」

「泉月」

「……泉月さんは卵を茹でてもらって良いですか？　卵は……1つか2つで良いんで」

「たまごサンド？」

「はい」

「ん」

……まあ、良い。

言い方は悪くなるが、泉月さんを端へと追いやれたので俺も手を洗ってからサンドイッチ作りを開始する。

と言っても家でパンを作っている訳でもないので、市販のカットされたパンを出してから冷蔵庫からハム、トマト、きゅうり、レタス……ついでにジャムを取り出した。

小さな鍋に水と少量の酢、卵を2個入れてじっと見ている泉月さんを横目に、俺はトマトなどをいい感じに切り分けていく。

クランホームにもいなかったので本当に姉が何をしているのか気になるが……まあそんな事を言っても今の状況は変わらない。

大人しくさっさと切り分け、サンドイッチを作り上げてしまおう。

10分近く経過し、俺が卵、ジャム以外のサンドイッチを作り終えたタイミングでようやく、階段を降りてくる気配と共に姉が現れた。

「あ、蓮司。……今日私じゃなかったっけ？」

「泉月さんにやらせるわけにもいかないだろ……」

「あぁ～、気にしなくていいのに。ん？　泉月って……」

「ってお――」

「十六夜はゲーム」

「あー……ってそんな即答しなくて良いのに」

「大丈夫、蓮司は瑠依の弟」

「別に弟取られても怒らないよ？」

「……そう？」

泉月さんの問題なのに、何故か姉が気にしなくて良いなどと言い放ったので突っ込もうとしたが、泉月さんと姉の友達らしい？　会話が始まった為居場所がなくなり、縮こまる結果となった。

心底不思議そうに首を傾げて俺を見つめてくる十六夜さんになんとも言えない気持ちになりながらも、そろそろ良い頃合いの卵が気になりだした。

姉の介入により十六夜さんが卵サラダを作るタイミングがなくなってしまっていたが、もうそろそろ卵も茹で上がってるはずだろう。

「あの……泉月さん？」

「ん？」

「卵」

「あ」

「泉月へマしてるー」

何もしていない姉が煽《あお》りだしたので既に出来上がっているサンドイッチなどを持たせ、台所から退出させる。

ついでにお茶やコップなども一気に持たせたので、置く事すら出来ない状況になっているような気もするが……自業自得だろう。

「蓮司、お姉ちゃんには優しく」

「え、でも……」

「優しくされたほうが嬉――」

「ちょ、蓮司ガチでヘルプー!!」

「……台所にあるのは好きに使っちゃってください」

「ん」

「ちょ、ま、あっ」

台所から見えてはいたが、持っている物を机に置くに置けない姉の様子を再び眺める。

「ちょ、見てないで!!」

「いや、まだ余裕ありそうだし」

「泉月ー！！！」

「……はぁ」

俺ではなく泉月さんを呼び始めた姉の手元からお茶やコップを取りながら、机へと並べていく。

「蓮司……恨むわよ」

「自業自得だろ。あ、夜は俺も作るから」

「あ、じゃ私はゲームするわね」

「……もう一回持つ？」

「あ、いや。私も作るから！」

私〝が〟とは言わない辺りに感じたくもない姉らしさを感じつつも、言質《げんち》を取れたので少し気持ちが軽くなった。

あの様子だと泉月さんが夜ご飯も手伝ってくれるのは間違いないが、2人で作るのは流石に気まずいのだ。

遺憾ではあるが、姉がいるだけで精神的に楽になるのは間違いない。

「ん、出来た」

「おー……じゃあ食べよう！」

「「「いただきます」」」

真っ先にジャムのを取った姉に今日何度目か分からない溜め息を吐きながら、俺もハムサンドを取る。

よく考えたら泉月さんに好き嫌いの確認を取るのを忘れていたが……まあ見た感じでは種類も数もある程度はあるので問題がなさそうだ。

自分の物を食べてから次は十六夜さんが作ったたまごサンドも食べる。

目線を感じながら食べるという行為に少し緊張しながらも口に含むが……普通に、なんなら母親が作るよりも美味しかった。

俺のその反応に満足したのだろうが、泉月さんの視線もようやく外れてくれた。

「そういやさー……レイナさんってどうなの？」

「いい人」

「どういう質問？」

「いや、クランマスターなのにノルマとか作んないし偉ぶらないから気になって」

そんな事も確認せずにクランに入ったのかと思わないでもないが、どうせ姉の事だ。

何か物につられて入ったのだろう。

レイナさんがわざわざ姉なんかの為に……いや、レイナさんにとっての順序は俺が先だったか。

「レイナさんは普通に凄い人だよ。実際に会った事はないんだけどね」

「へぇ～……因みに、どう思ってるの？」

「弓が上手い教え上手な人」

「他に」

「雫先輩の友達……あっ」

「ん？」

朝は来ていなかったがそろそろ雫先輩からの返信が来ていてもおかしくない。

流石に怒られるような事はないと信じたいが……いや、怒られてもおかしくないか。

思い出しただけで少し憂鬱になってきた。

「……蓮司？」

「いや、なんでもありません」

「……敬語、いらない」

「目上の方には慣れで使っちゃうので」

「……そう」

「蓮司私は～？」

「アホか」

「……」

泉月さんのような、姉とは違うしっかりした人には敬語は使っておくべきだろう。慣れで逆に敬語を使わないと違和感すらあったりするので、これに関してはそう簡単に変えられる気がしない。

何故かダメージを受けている姉を無視して黙々と食べ続ける。

あ、そういえば。

「姉ちゃん、なんで古代湖？」

「え、そりゃ、ね？」

「……」

「ま、真面目な話、いけると思ったからさ、ね!?」

姉に真顔で近づいたからか言葉を改めたが……そもそも古代湖のレイドボスとやらがなんなのか一切分からない俺には、何がいけるのか良く分からなかった。

「レイドボスって？」

「超巨大な亀で、めちゃくちゃ硬い。蓮司がミスリルゴーレムに撃ったのをやればいけると思ったんだけど」

「……そう思う」

「へ、へぇー……」

全力攻撃を受け止め得る亀、確かに言われると少し気になるな。

正直、虚骸のバジリスク戦である程度満足していたのだが……自分の最大火力がどの程度まであるのか確かめる事が出来そうだ。

「因みに、1分はチャージ時間ある？」

「こちらから動かなければ数分はあるわよ」

「ならやってみるか……」

少し問題なのが湖で溺れ死なないかどうかだが……それは従魔でも召喚してみようか。

それから数分、少しその亀についての説明を受けてから、俺はゲームに戻る事にした。

「じゃあ、俺戻る。食器洗いは姉ちゃんがやれよ」

「はーい」

「……ん」

食器洗いを泉月さんに押し付けないか不安ではあるが、流石にそんな事はしないだろうと思いたい。

部屋へと戻り、スマホに連絡が……来てるな。

内容は……ゲームの確認かな？　取り敢えず合っているので、返答してさっさと従魔を召喚しに行こう。

レイドボスを超え

王都の一角にある召喚師ギルド、その地下に俺は来ていた。

手元にあるのは土竜核。

アイテム説明では従魔の召喚にも使えると書いてあったので、それ以外に何か用途があるのだろう。

が、今一番強いアイテムがこれなのは間違いないので、そんな事は気にせずにこれを利用して、俺は従魔を召喚するつもりだった。

なんなら竜そのものが出てくれても構わない、一番可能性が高くなっているはずなのだから出ろ、と思わないでもないが、世の中そんなにうまくいったりはしないだろう。

「……」

魔法陣の真ん中に俺の頭よりも大きな土竜核を置き、離れる。

そして……、

「【召喚】!!」

今まで見た中で一番の大きさを誇った核なのだから否応なく期待していたのだが……魔法陣は俺の期待に応えるかのようにどんどん大きくなり……最終的に弾けて土竜核と同じぐらいの大きさに萎《しぼ》み、1つの苗木らしき物が召喚された。

「……え?……土竜の核で……苗木? は?」

若干紫色の混じった樹肌をした苗木に、なんとも言えない気持ちが沸き起こる。

土竜核で召喚したのだから、弱いなんて事はあり得ないだろう。

いや、許さない。

こんなよく分からない物と召喚契約を結びたくはないが、土竜核をなかった事に出来るほど、俺は器が大きくない。

理想を言えばこの苗木がとてつもなく強い従魔だという事なのだが……仕方ない。

なんか禍々《まがまが》しいが、世界樹のような強さを持っている事を期待して。

「【召喚契約】『グドラ』」

……、さ、さてクランホームに帰るか。

想像以上のグドラの特異性に驚かされ、本来の目的であった湖で溺れない為の従魔を召喚するというのを忘れ、俺は数分もしない内にクランホームへと戻ってしまった。

「……戻りましたー」

入り口から中へと入り、右側の扉を開けると……俺と姉、十六夜さん以外の全員がそこには集まっていた。

「あ、楓さんレンジくん！」

「あ、楓さん丁度渡したいものがあって……」

「ま、まさかのあれかな⁇　あのダンシンも発狂したっていう！」

「これ、どうぞ」

俺は鱗や皮を扱えないので全く分からないが、数量的に同程度はあった土竜の鱗に皮。

鱗はすべてダンシンさんに上げた訳ではないのだが、皮に関しては楓さんにすべて渡すつもりだったので、纏めてトレード画面に載せてしまった。

「クッ……トレード機能のせいで1億までしか出来ない……」

そういえばダンシンさんも同じような事を言っていたなぁと思いながらも、ダンシンさんとは違って今後も色々とお世話になるだろうから……、

「全部で1億で良いですよ」

「ほんと⁉　ダンシン2億は払ったって聞いたんだけど！」

「……レンジ何やってんだ？」

「竜の皮の取引」

「は？」

ぶっちゃけ、ダンシンさんからもらったお金だけで俺はもう使い切れないほどの量が溜まってしまっていたので、お金はあまり欲しくない。

それだったら安く売ってでも俺に借りを感じてもらい、優先して装備を作ってもらおうと思っているのだ。

フリーズしたソラは無視して、楓さんが載せた1億のままトレードの了承ボタンを押す。

それにしてもダンシンさんも楓さんも、お金持ち過ぎじゃないだろうか。

「……色々と気になる会話はありましたが、後はルイさんと十六夜さんですね」

「あー……もうすぐインすると思いますよ」

「そうです……か？」

「あれ、ルイさんはともかく十六夜さんも分かるんですか？」

そういったイサさんと、その横で首を振りまくるユウさんに、今更ながら失言をした事に気付く。

「姉と十六夜さん、俺がインする時会話してたから」

ちょっと厳しいが、これで通話と勘違いしてくれる事を願うしかない。

「って待ておい!!」

「あぁあぁぁぁ!!」

「……何？」

未だ1億で良いのか葛藤していた楓さんの横で唐突に叫んだソラ。

そのせいで楓さんは誤タップしてしまったのかトレードは完了していた。

またお金が増えたが……これはクランの金庫に預けておくか。

「竜なんて何処にいるんだよ!?」

「ソラ君何してくれちゃってんの⁉」

「え……あ、すみません楓さん」

「いや、別にいいんだよ⁉　だけどね！　私の心の葛藤をそんな風に終わらせるのは納得いかな――」

「遅くなりましたー」

「……最後」

全く納得していなそうな雰囲気を全身から発しながらソラへと言い詰める楓さんに、ようやく来た姉に十六夜さん。

「……揃いましたね」

想像以上にカオスな状況は、レイナさんの一言によって一瞬で静まり返った。

その鶴の一声っぷりに声を発したレイナさん本人も驚きながらも、すぐに我に返って言葉を連ね始めた。

「……これから親睦会を兼ねて古代湖のレイドボスに行くつもりなのですが……良いですか？」

勿論、一度確認を取っているので異論を出すような人はいない。

「では……作戦会議でもしてみましょうか。現状ですとレンジさんに初撃をお願いしてもらう事になるかと思いますが……」

「問題ありません……」

俺へと視線が向けられたので、了解の意思を伝える。

「はぁ……」

誰にも聞こえないぐらいの音量で、溜め息を零す。

もし俺の事を注視している……姉とか姉とか姉がいたら気付かれただろうが、まあ大丈夫だろう。

古代湖のレイドボスである、レッサーザラタン。

姉と十六夜さんに説明してもらった限りだと、圧倒的な防御力がある代わりに、その巨体は全く動く事なく戦闘はすべて眷属《けんぞく》達に任せっきりらしい。

何処かで凄い見覚えのある戦闘スタイルなのだが、この際重要なのはその防御力だ。

なんでも、近距離のプレイヤーはそもそも甲羅までたどり着く事が難しく、魔法や矢の攻撃で貫けるほど柔い防御もしていないらしいのだ。

「ではそれまでの立ち回りなのですが……従魔を使うソラさん、十六夜さんはソロパーティ、それ以外の私含む6名で1パーティを組んで転移先をなるべく集めましょう。各々で眷属を討伐する必要が出てきて、多少辛いかもしれませんが……まずは1分、レンジさんの攻撃時間まで稼げれば充分です」

想像以上の大役に少し嫌な気分になりながらも、この状況から逃げる事など出来るわけがないので甘んじて受け入れる。

因みに従魔を使うというのは、俺がグドラの代わりに召喚しようとしていたような、空を飛べる〝乗り物〟の事を指しているので俺は含まれない。

「まあ……初めてパーティを組む方もいらっしゃるので、今回は各々が問題ない範囲で全力を出していただければ……と思います。では……行きましょうか」

「はい」

「はい！」

「良いよ〜」

「ん」

「ああ」

「うん」

「はい」

レイナさんから来たパーティ申請を受諾し、移動を開始する。

全力を尽くす為にＭＰを考え、未だ召喚していない精霊達が少し気になるが……まあ良い、道が分からないしレイナさん達についていこう。

「な、なぁ……」

「ん？」

レイナさんと楓さん、姉と十六夜さん、イサとユウさんをセットにした感じで仲良く会話している中、少しあぶれてしまった俺とソラ。

「男の居場所なくないか？」

「イサは？」

「……ユウって子と凄い噛み合ったみたいだな」

確かに、イサとユウさんは同じような雰囲気を発していたので噛み合えば結構仲良くなれるのだろう。

あの感じだと同族嫌悪にはならないだろうと思っていたが……想像以上に噛み合ったようで何よりだ。

「ってかトッププレイヤーが多すぎる。俺まだシーサーペントすら倒せねえぞ」

「……まあ頑張れ」

「……。そういえば、竜って何処にいたんだ？　魔石とかドロップしたなら欲しいんだが」

「あー……うん、両方ノーコメントで」

「なっ!?　まさかお前!?」

何処にいたんだと言われても、あそこに行ってもまた遭えるかどうかは分からないので、答える事は出来ない。

魔石に関しては召喚された物が物だけに、尚更言える訳がないだろう。

【精霊神の残影】で見たちょっとした文、レッサーザラタン、グドラに共通した能力があるなどとはまだ、口が裂けても言う事は出来ない。

「……では、挑戦しましょうか」

何故か魔物が1体も存在せず、20体の縛りすらも存在しない古代湖。

そこに入るか入らないかのラインに集まった俺達は……レイナさんが確認を取った後、ボスフィールドへと転送された。

魔法陣などは存在しないと聞いていたので、ワイバーンやシーサーペントと同じような物だと思っていたのだが、流石にこれは驚いた。

「レンジさん！」

「【チャージ】‼」

ちょっとした小島に転送された、俺含む6名。

目の前には大きな山と錯覚するような大きさの亀の甲羅が。

そして視界の隅から十六夜さん、ソラがワイバーンに乗ってこちらへと飛んできているのを見る事が出来た。

亀の周囲で、大量に生成された眷属達。

それ等が一直線にこちらへと向かってきた事で……戦闘が開始された。

空中に大量に展開された鳥の群れに、水中に展開された魚や亀の群れ。

鳥達は一番近くに十六夜さん、ソラがいたからかそちらへと襲い掛かりに行き、それ以外の魚や亀は俺達がいる小島へとゆっくりとではあるが確実に近付いてきていた。

弓技などを駆使して遠距離からも敵を倒していくレイナさんやユウさん、イサに、彼女等の近くで討ち漏らしたソードフィッシュなどを弾き飛ばす姉、そして支援魔法のような物を使っている楓さん。

チャージを使っているので仕方なくはあるのだが、何も出来ない自分が少しもどかしい。

空中にいる鳥達を駆除する事を優先したらしい十六夜さん、ソラは未だここへは辿り着いていないが、1分が経つ。

「やります！」

「お願いします!!」

「【精霊召喚：火】『ファイ』【精霊召喚：水】『ティア』【精霊召喚：土】『アース』【精霊召喚：風】『イム』【精霊召喚：雷】『ライ』【精霊召喚：光】『リム』【精霊召喚：闇】『ヤミ』【精霊召喚：無】『ファン』」

「【精霊王の加護】【精霊魔法：火】【火精霊の加護】【精霊魔法：風】【風精霊の加護】【精霊魔法：雷】【雷精霊の加護】【精霊魔法：水】【水精霊の加護】【精霊魔法：土】【土精霊の加護】【精霊魔法：闇】【闇精霊の加護】【精霊魔法：光】【光精霊の加護】【精霊魔法：無】【無精霊の加護】」

「【サウザンドアロー】【インパクト】【ブラスト】」

楓さんにもバフをかけてもらった後、『何いってんだこいつ』と言ったような顔をしている楓さんの横で自前のバフをかけ続け、射る。

弓から飛び出た1本の矢の後を追うように現れた、視界を埋め尽くすほどの矢の大群。

今回は全MPを込めたので一瞬で精霊達も送還されてしまっているが……それ以上の効果はあった。

いつか見たような、空を埋めんばかりの矢の群れが、レッサーザラタンの横っ腹に突き刺さり、抉り取る。

「ははっ……」

その爆風に煽られてすごい勢いで此方へと飛んでくるソラに、爆風を上手く利用したのか綺麗に此方へと飛んでくる十六夜さん。

周りの人はみんな呆けていたが……良い、凄く良い。

目に見えて分かる、空を支配する矢、そして抉り取られた質量。

レッサーザラタンの左半身……とまではいかないが、4分の1、体積にすれば500㎥は確実に抉り取った。

「クアァァアァアァ！！！」

「……はっ、ちょ、レンジ君⁉　なんか思ってたのの100倍はやばいよ君⁉」

「……レンジさん、ちょっと任せていいですか？　囮《おとり》」

「いや、レイナさん⁉」

「お任せを」

「レンジ君も何ノッてんの⁉　いや、気持ちは分かるけど………って津波⁉　ってかよく考えたらレッサーザラタン鳴いたし動いてる⁉」

「ソラ！」

「ああ、分かってる‼」

ワイバーンという乗り物を持つソラを呼び、ワイバーンに乗せてもらう。

十六夜さんは津波を物ともせずに抉れた甲羅の部分へと攻撃を仕掛けているので、ソラしか選択肢がなかったが……、

「お前、やっぱやべぇな」

「……ソラ、レッサーザラタンが口を開けて照準合わせてる」

「それどう考えてもブレスだろ⁉　クアッ！　躱せ‼」

「良いな、ワイバーン」

「余裕だなおい⁉」

しっかりと俺へと照準を合わせ、放ってきたブレス……というよりも熱線。

既《すんで》の所で急旋回したおかげで躱す事が出来たが、当たっていれば一撃で死んでいたのは間違いないだろう。

２本目のＭＰ回復薬を飲んでしっかりとＭＰを回復させつつ……再び照準を合わせてきたレッサーザラタンを眺め、ソラに警告する。

「お前振り落とすぞ⁉」

「俺今忙しい」

「舐めんなァッ‼」

ソラを煽る事を楽しみつつ、周囲の状況を確認する。

このまま空を逃げ続けていれば出血多量で勝てるだろうが……そうなると、小島にいる５人が死んでしまう。

あの光景をもう一度見たいとは思うが……次見る時は俺１人で満喫する。

だからこそ、５人に死なれる訳にはいかなかった。

なんなら俺１人が死ぬのは別に構わない、それどころか死んで１人でまた来たほうが良いかもしれない。

それに何よりも、よく考えれば〝彼〟だったらこんな状況、問答無用で仲間を助けに行くだろう。

俺の場合だと仲間を助けるというのは少し厳しいので、レッサーザラタンを早期に倒すという方向性になるのだが、

「ソラ」

「なんだ⁉」

「ちょっとぶっ殺してくる」

「？？？」

「大丈夫大丈夫……、レイナさん達が死ぬ前に、あいつを倒すだけだから」

「あ、お――」

ソラに許可を取る事なく、飛び降りる。

想像以上にリアリティーのある紐なしバンジーを楽しみつつ、レッサーザラタンの顔が俺を捉えて離さなかったのを確認しながら……俺は湖に一直線で沈み込んだ。

『クアァァァァァァ！！！』

水中だからこその独特の響き方をするレッサーザラタンの鳴き声が近づいてくるのを確認しながら、俺は勝利を確信した。

透き通る湖の中、視界に入った迫りくるレッサーザラタンの頭部。

目が合い、奴は好機と見たのか一直線に迫りくる中、大きく口を広げた。

そこへ俺は……、

「【サウザンドアロー】【エンチャント】『水』」
【エンチャント】『水』によって水中での速度低下が無効化され、水属性特効がついた矢が１０００本、レッサーザラタンの喉に内側から突き刺さり……。

レイドボスを倒しました。
▼ドロップ▼
レッサーザラタンの肉×７８４
レッサーザラタンの甲羅×３７２
レッサーザラタンの牙×27
８００００G
レベルが上がりました。
レベルが上がりました。
職業レベルが上がりました。
▼MVP報酬▼
レッサーザラタンの肉×３９４
レッサーザラタンの甲羅×１９８
レッサーザラタンの牙×19

カプセル×2
100000G

古代湖のレイドボスの
初討伐者になりました。
▼報酬▼
称号【初討伐者（古代湖）】
STP5
SKP5
スキルレベル限界上昇チケット×1
10000G

『フィールドを移動しますか？』
はい。
心の中でそう唱えると、転送先は再び水中だった。
水面から湖底まで光が通るほどの透き通る大地。

そこに何故か見えた1つの魔法陣に疑問を抱きながらも、カプセルを使用する。

新しいアイテムの効果が視界の端に小さく表示されるというデフォルトの設定に感謝しながら、俺は水中を呼吸しながら歩き始めた。

エピローグ

水中歩行は不思議な気分だった。

浮かぼうと思えば出来なくはないけど、基本的には湖底を歩く事になる水泳音痴っぷりを発揮した俺は……王都へと戻る途中で泳ぐ変態とエンカウントした。

ピッチピチの海水パンツを着たその男は、俺を見つけると身振り手振りで良く分からない行動をし、最終的に俺の手を掴んで移動を開始した。

それから数分……、

「ぷはっ……えー、こちらF班。湖底を歩行する対象を捕獲した。え、日本語喋れって⁉　いや、俺も自分で何言ってるか分からんが、湖底を歩く対象を捕獲したのは間違いない。あー？　うん、おけ分かった」

捕獲などという変な言葉が聞こえ、頬を引き攣らせている間にソラからメッセージが届く。

内容は……『めっちゃテンション高かったのは黙っといてやるよ』……と。

「あー……レンジさん、でいいですか？」

「え、はい」

届いたメッセージにより一層頬を引き攣らせていると、変態に話しかけられた。

内容は変態にしては至ってまともで、どうやってレッサーザラタンを倒したのか、レベルとか職業はどのぐらいなのか、フレ登録は許されるのか……等々、答えても良ければ答えてくれといった緩い感じで質問をされ続けた。

「あ、いた……って【ショートワープ】……レンジに何してんの？」

唐突に変態と俺の間に現れた姉に驚きつつも辺りを見回すと、結構な人数のプレイヤーが周囲を包囲していた。

相当数のプレイヤーが水着姿な事、先ほどの通信を考えれば……俺を捜索でもしてくれていたのだろうか。

危なかった、一瞬好奇心にかられて魔法陣のほうに行きかけたがそれをしたら莫大な迷惑を掛ける所だった。

「え、あー……どうやってレッサーザラタンを倒したのか聞いてただけです、はい」

「そういうのは私を通して欲しいと言いましたが……」

笑っているはずなのに地味に怖いレイナさんに俺、変態が1歩後ずさる。

「ってか、レンジの戦闘スタイルが気になるならイベントを待ちなさいよ。レンジ、クラン戦で無双する予定だから」

「おおっ！……分かりました、その時まで待たせてもらいます」

何故か沸き立つ周囲に、変態を退けたからか自慢げな姉。

それにしても……俺がクラン戦に参加するとか初耳なのですが？

書き下ろし番外編Ⅰ

ルトの勧誘祭り

I'm an unfortunate archer,
but doing Okay

レッサーザラタンの討伐を終え、ある程度の時間が経っていたが俺は東にある森――腐毒の森の初討伐をクラン員であるレイナさん達に譲り受けた以外、碌《ろく》にその先へは進んではいなかった。

幾つか理由があるが、新たに召喚したグドラのレベル上げのついでに、深淵の森深層のすべての殲滅者のクエストを達成していたからというのが一番の理由になるだろう。

深層のボス、という事は特別な何かがあるだろうと考え、〝炎精霊〟〝影精霊〟のクエストを未だにクリアしていない俺はデスペナによるクエストのやり直しを恐れて未だにやっていない訳だが……。

「……あ、レンジ君」

「……ルトさん、何故ここに？」

そんな事を考えながら、始まりの街のギルドにて要らない物の売却、クエストの消化、ストレージの整理などを行っているとルトさんに話しかけられた。

【瞬光】のクランマスターが何故王都ではなくこんな街に来ているのか……まあ理由はナオに教えてもらって知っているので、その偶然会ったような話し方をされても白々しいとしか思わないのだが、……曖昧な笑みを浮かべているルトさんに何も知らないかのように問い返した。

「勧誘かな」

「……俺一応【PRECEDER】に所属しているんですが」

「まあそうなんだけどね～。レッサーザラタン討伐の功労者は欲しい訳で」

「他クランの同盟員の引き抜きは不味いのでは？」

「んー……結局は本人の気持ちが一番大切だから、なんとかなる……かもよ？」

「……」

今回ルトさんが俺の元へと来たのは、【瞬光】にいる頭の固いガチ勢が『レッサーザラタンの攻略法を得る』というのを目的とした強引な勧誘、クランの吸収を【PRECEDER】に行おうとしたから……らしい。

まあ、俺以外の人は全員第8の街にある新たなクランホームを拠点にして活動しているらしいし、【瞬光】がそこへと辿り着けない以上関係ないのだが。

一応楓さんは様々な街にある自分の店にも時々行くらしいが、今の所は軽い接触をされる程度で、お断りしているらしい。

「因みに、ルトさんも本気で俺を勧誘しようと思ってるんですか？」

「僕は出来たら良いな、という程度だね。敵として戦うのも楽しそうだと思っているから」

「では、そういう事で」

「……まあ、待とうか」

【瞬光】などというノルマありのクランに入るよりはルトさんと戦うほうが圧倒的にマシなので、そういう事にして退避しようとするもルトさんに肩を掴まれる。

本音を言えば戦う事も嫌なのだが、妥協して我慢しているというのに……。

まあ、姉のせいでクラン戦に出る事が確定してしまっているのでそこで戦った事にすれば良いだろう。

「俺、まだ色々とやりたい事があるので敵として会うっていう結論じゃダメなんですか？」

「んー……駄目ではないんだけど、クラン員達が納得してくれないと思う」

「それを納得させるのがクランマスターな気が……」

「じゃあ、さ。今何か欲しい物とかないの？」

「精霊の耳飾り……って――」

「あ、ごめんレンジ君、急用出来ちゃったからまた今度!!」

「……」

すごい勢いで俺の返事を聞くよりも早く去っていったルトさんに、失敗した事に気付きながらも、まあ持ってきたからなんだという話にも出来るだろうから深く考えない事にする。

が……【瞬光】の方々が強引な手段を使ってきても対抗できるように、早急に力を付けておく必要があるだろう。

今までは目立ちそうだから、負ける可能性があるから、という理由で挑んでいなかったレッサーザラタンの周回をして終わらせられるであろう〝影精霊〟〝炎精霊〟のクエスト。

その先に何があるのか未知数だった為挑んでいなかった湖の地下にあった魔法陣のその先。

レイナさん達は既に終わらせている第8の街への解放条件である湿原の攻略。

そして、その先にあるらしい遺跡とやら。

まずは……レッサーザラタンの周回から終わらせてしまおう。

第7の街の解放条件でもあるレッサーザラタンの攻略。

その戦闘地でもある古代湖には、俺が以前来た時以上に人が集まっていた。

グドラのレベリングの過程で開放された第3職業に、SPを消費して取得した【弓聖技】【弓聖術】、ファイ達、そしてクロにグドラの力があるので負ける事はないと思いたいが……。

周囲からの沢山の視線を意図的に無視して、ファイ達に確認を取ってから侵入する。

「【召喚】『グドラ』『クロ』」

フィールドが移り変わったのを確認してからすぐに……、

「グドラ、根付け」

グドラを大地に根付かせ、本来の姿へと戻させた。

グドラ——正式名称はポイズンマザーツリーという全長が100mにいきかねない俺の従魔は……【精霊神の残影】のスキル、今までの情報から推測すると、災獣であり『BlackHaze』の発生原因の一端を担っていた存在である。

ステータスを見た時も、クロとの違いが多すぎて唖然としてしまったのは記憶に新しい。

因みに、これが今のグドラのステータスである。

名前：グドラ
種族：ポイズンマザーツリー
レベル：67

HP：5000／5000
MP：0／0（固定）
STR：0（固定）
VIT：304
AGI：0（固定）
INT：0（固定）
DEX：0（固定）
【スキル】
【母樹Lv.3】【眷属生成Lv.2】【分株Lv.1】【苗木化Lv.1】【侵食Lv.1】

STP：0
SKP：104

【母樹】PS
眷属と主、守護者に特殊効果を付与する。
Lv.1【毒完全無効】
Lv.2【HP自動回復】
Lv.3【MP自動回復】

守護者数1／3

【眷属生成】ＰＳ
母樹1体につき、
眷属を10分毎にランダムにレベル×8体生成する。
大地に根を張っている間のみ有効。

【分株】ＰＳ
100時間に1体、母樹を作り出す。
大地に根を張っている間のみ換算。
0／1

【苗木化】ＡＳ
体を小さくし、苗木となる事が出来る。
0／2

【侵食】ＰＳ
根を張った場所を中心に、世界を作り変えていく。

1m／分
Lv・1　0／50m

色々と突っ込みどころの多いステータスだが、その毒々しい見た目もあって、まるで邪神樹にでも守られているかの……やめよう。

〝彼〟のいた世界には世界樹があったが、〝彼〟とはそこまで深い関わりがあった訳ではないし……まあ、結局は強ければ良し感もあるのだが、他人には気軽に見せられないなぁとは思っている。

「さて……じゃあファイ達、クロにグドラもお願いね」

レッサーザラタンの周囲に大量の魔物が湧き、俺を中心としたグドラの周囲を眷属が囲い、そして一番近くをファイ達が囲い出す。

「【精霊王の加護】【精霊魔法：火】【火精霊の加護】【精霊魔法：風】【風精霊の加護】【精霊魔法：雷】【雷精霊の加護】【精霊魔法：水】【水精霊の加護】【精霊魔法：土】【土精霊の加護】【精霊魔法：闇】【闇精霊の加護】【精霊魔法：光】【光精霊の加護】【精霊魔法：無】【無精霊の加護】」

「【チャージ】」

1秒で10以上のMPが消費されていくが10秒毎に最大MPの1％、100程のMPが回復されているのを視界に入れながら、レッサーザラタンを見据える。

レイナさん達、【PRECEDER】のメンバーで攻略をしに来た時はMPの問題で出来なかった【チャージ】中の加護の発動も、グドラがいるおかげで気軽に出来る……と考えるとグドラのヤバさが理解してもらえると思う。

グドラの更にヤバい点は、【侵食】で作り変えた世界内に毒を撒き散らすという物。

本当に世界樹とは対極にいるような存在だが……味方となってこれ程頼りになる従魔は中々いないだろう。

少し頬を膨らませ、湖――敵の群れのほうへと突進していったファイに内心で苦笑いを浮かべながら、〝その時〟を今か今かと待ち望み続ける。

毒のデバフ、陸上という場の優位性を以ってしても、ファイ達の力がなくては倒せないレッサーザラタンの眷属達と、グドラの眷属達のレベル差を痛感しながらも、ファイ達であれば任せられる、という安心感の下、それを眺め続け……その時は来た。

「【サウザンドアロー】【インパクト】【ペネトレイト】【ブラスト】!!」

総消費MP、10000の全力攻撃。

「まあ……」


レイドボスを倒しました。

▼ドロップ▼
レッサーザラタンの肉×743
レッサーザラタンの甲羅×245

レッサーザラタンの牙×89
80000G
レベルが上がりました。
職業レベルが上がりました。
職業レベルが上がりました。

▼MVP報酬▼
レッサーザラタンの肉×453
レッサーザラタンの甲羅×342
レッサーザラタンの牙×27
カプセル×3
100000G

「倒せるよな」

あの巨体の半身以上を抉り取った自分の攻撃に感激のような物を覚えながらも、影精霊、炎精霊のクエストを確認する。

これだと……あと3回で影精霊はクリア出来るな。

炎精霊に関してはこのレッサーザラタン戦ではクリアできる気配がないので、レベル90を超えてしまった以上、未だ挑んでいない深淵の森深層ボス、吸魔の森深層ボス、試練の森中層ボス、腐毒の森中層ボス達に期待する事にはなるが……もう一回、行くか。

フィールドが切り替わったのを確認した後にMP回復薬を飲み、クールタイムを待ってMPが完全に回復するまで待機する。

……何故か大量の視線が集まっているのだが……無視だな。

「あの――」

「――っし、行くか!!」

無視である。


最終的にしっかりと3回の周回を終わらせ、ストレージが少々不味くなってきた為一時的に王都へと戻り、ストレージの整理をする事にした俺はそのままの勢いで共同生産場を確保し、【精霊召喚：影】を取得した事で枠が増えた【精霊召喚：闇】を行う事にした。

ヤミが中級闇精霊へと進化している以上、今から召喚する精霊は影精霊へと変異してもらう予定なのだが……名前をどうするか。

無邪気に楽しんでいるファイ、イムを見て和みつつも、ライとイムのような関係の精霊が召喚されると考えた俺は、ヤミを見ようとするも……頭の上から動く気配がない。

「名前なぁ……エイ、かな？」

「【精霊召喚：闇】『エイ』」

ヤミの時にも見た、暗黒で出来た卵が浮かび上がり、そこへと文字が吸い込まれていく。

卵なので蕾の様に回転していても分からないだろうな……などと思いながら召喚を待っていると……。

「ちょ、ヤミ!?」

ヤミが卵に手を突っ込み、女の子を引っ張り出した。

状況からして内気な女の子なのかなぁ……などと思ってみるも、そんな気配はなく俺と目線を合わせても首を傾げるだけ。

ついファンへと視線を向けてしまった俺は悪くないだろう。

ヤミと同じで和服なのだが、雰囲気はどちらかというとファンに近い。

いつも危なっかしく漂っているファンを見ている身としては、ファイ達の反応が少し不安だったが……概《おお》ね好評のようだ。

なんかファンと視線を合わせてどちらともなく彷徨い始めたが……、

「じゃあ魔法陣の先、行ってみるよ」

移動を開始する事にした。

道中、先ほどよりも少しざわついた雰囲気を発していた王都の人々に違和感を覚えつつも、アイテム『カプセル』を使って水中での移動を可能とさせる。

湖へと勇ましく出陣していく集団を見て、巻き込まれないように【隠密】系統のスキルをすべて発動し、一時的にティアを除く精霊達を送還した後、俺は湖へと潜水を始めた。

湖底を歩く。

徐々に遠くなっていく水面を見上げながら、以前経験したというのに神秘的な気持ちになりつつも記憶を頼りに歩き始めた。

「ティア、元気そうだね」

水中だからか、いつもより元気そうに動き回るティアを見てつい声を掛けてしまったが、それの所為かティアは固まってしまった。

「……リラックスしてて良いんだけど」

責めている訳でもないのだが、ティアの性格を考えると申し訳ない事をしてしまったような気分になる。

歩くのを一度止めた為か、不安そうに覗き込んできたティアに、【魔力操作】で楽しいという感情を込めながら魔力を送り続ける。

【魔力操作】はLv．1までしか取得していない為、少し拙いかもしれないが、一応は伝わったようで、ティアもようやく楽しそうな動きを再開してくれた。

「着いたな……」

ティアが胸の前で握りこぶしを作っていたが、それはティアなりの感情の表現だったのだろう。

その動作に無意識の内に笑みが溢れたのを自覚した俺は、一声掛けてから一歩踏み出し……魔法陣の輝きに包まれて、転送された。

「……ここ何処だ？」

気が付くと、想像も付かないような全く知らない所へと移動していた。

壁が水で出来た洞窟……というよりも、水族館の海中トンネルというのが正しいような空間。

魚は一匹も見当たらないが、足元にある魔法陣の光、道の先まである回路のような良く分からない光が幻想的な世界を作り上げていた。

「……これ」

地面は土ではなく、石で出来たタイル。傷一つ、ホコリ一つない空間に……、

『――知的生命体を確認』

『設備を起動します』

特定条件を満たしました。

【起動者（災獣研究所）】を獲得しました。

▼報酬▼

STP5

SKP5

スキルレベル限界上昇チケット×1

10000G

『――付与――対災獣装備権限』


特定条件を満たしました。

【装備権限】を獲得しました。
▼報酬▼
ＳＴＰ５
ＳＫＰ５
スキルレベル限界上昇チケット×１
１０００Ｇ

無機質な音声と共に足元に浮遊する円盤のような物が発生した。

「……乗って大丈夫、だよな？」

取り敢えず足を乗せ、急に動き出しても問題ないように足腰に力を入れる……が、そんな意味もなかったようで、反動もなく凄い速度で動き始めた。

先ほどの無機質な音声が何処から聞こえたのかは気になるものの、すごい速度で移動していく円盤に乗っている以上危なっかしい行動はとれない。

ティアが飛ぶのをやめて俺の肩に止まった事を考えると、想像以上の速度で進んでいるのだろうが……俺の体感速度はそこまで速い物ではなかった。

この状況でファイ達を召喚したらどうなるのか気になりはするが……まあ、やめておこうか。

「止まった……な？」

円盤が止まり、地面へと吸い込まれるように消えていく。

代わりといわんばかりに現れた魔法陣に、なんとも言えない気持ちになりながらも、ここまで来た以上引き返すという選択肢も存在せず……俺は再び光に包まれた。

視界に入った、幾つもの培養槽。

「えっ……グドラ？」

培養槽の中には、苗木状態のグドラのような物や30㎝程の蟻のような生物、何かの欠片やアメーバのような物などが入っており、それぞれの培養槽の前に浮かぶボードには、人工災獣の研究過程のような物が書かれていた。

人工災獣の〝唯一〟の成功例である、『レッサーザラタン』の詳しい培養方法に、それの基となった災獣『ザラタン』の詳しい情報。

旧大陸――災獣、そして『BlackHaze』によって滅んだ大陸の人類の歴史、災獣の詳細情報。

様々な物がパッと見ただけでも視界の中に入ってきた。

「……これ、知っていいやつ？」

終《つい》ぞ使われる事がなかった、人工守護神獣に関する――ん？　これ、深淵の森深層も関わっているな。

他にも、『BlackHaze』の開発過程に人類の進化の方法……探そうと思えば幾らでも出てくるだろう。

「それに……」

壁の付近で浮かんでいる、幾つものリング。

その中の一つが、俺の心を掴んで離さなかった。

災獣『ザラタン』の力が込められた、【水中行動】を付与するリング。

目の前のボードを読み取るに、これがある限り溺れる事などあり得ないらしい。

他にも擬似的に『ポイズンマザーツリー』の力が込められた【毒無効】を付与するスキルや、『インペリアルクイーンアント』の力が込められた【認識阻害】を付与するスキル、『レイクスライム』の力が込められた【物理無効】……物理無効？？？

「あ、流石に魔力を沢山消費するのか」

すべてのリングに付与されている、アイテムボックスとしての機能と身体強化の機能だけでも十分な代物だというのに……。

「これ、もらって良いのか？」

『是——現在生存が確認されている唯一個体にはなんとしてでも旧人大陸を取り戻していただく必要があります』

「……」

再び聞こえた、虚空《こくう》からの声に一瞬動きが止まるも、それならばとザラタンのリングを受け取り、右腕に装着した。

流石に2つ目は駄目だったのか、受け取ろうとしたら謎の声さんに窘《たしな》められた。

特殊ワールドクエストが発生しました。
クエスト達成条件は、
魔大陸の災獣の討伐
0／100

です。


「ん?……なんだこの空間」

今までにないクエスト内での余白に困惑しながらも、『特殊ワールドクエスト』などという大層な物が個人に発生してしまった事に気付き、呆気にとられる。

「……俺以外にも生存者はいるんだけど」

『──付与──認識阻害』

『訂──唯一試練踏破者──対象:レンジ』

「試練……?」

試練…と言われても、レッサーザラタンを倒した事ぐらいしか思いつかないし、あれは俺一人でやった事ではない。俺だけが此処に来るという事はないだろう。だとすると…災獣自体を使役している事か？……それだと逆に殺される気すらするからないか。

「質問をしても？」

『許』

未だに何処から声を発しているのか全く分からない声の主に対し、質問する。

「試練の内容は？」

『一――真の災獣の戦いを長時間見ている』

『二――レッサーザラタンを単独で討伐しうる力を持っている』

『三――『竜王』『獣王』『精霊王』いずれかと関わりがある』

『四――『竜』『獣』『精霊』いずれかに敬愛を抱いている』

1、2の理由はなんとなく理解できるが、3、4の理由が一切理解できない。災獣を倒すだけであれば、『竜』『獣』『精霊』……あれ？

「『Black Haze』の発明ってなんで許されたんだ……？」

スイさんが前に説明していたとおりなら、『Black Haze』は元から『竜』『獣』『精霊』いずれかを支配して使う為に開発されたらしいのに、試練の踏破にはそれらに敬愛を抱いている必要がある。敬愛を抱いている相手を支配して使うとは考えづらいので……どうやってもこの研究所の作成者は試練を踏破出来なくなってしまう。

「質問、この研究所は『Black Haze』を開発していた？」

『否――此処は『災獣研究所』。災獣の力を利用する方法のみを開発していました』

「……」

ボードを色々と見てみれば、『Black Haze』の開発を邪魔する方法やら、此方の大陸に移動して研究所を作った理由……まあ、向こうで邪魔された事に関する情報も書かれている。

『――第二踏破者を確認』

「え」

……つい、何を考えるでもなく培養槽の裏側へと隠れてしまった。

それから数秒もしない内に聞こえた……、

「へぇー……これまた凄い所だね」

聞き覚えのある、1人の男の声。

「ん？……特殊ワールドクエスト？」

『――付与――認識阻害』

『承認――第二試練踏破者――対象：ルト』

「……2番目、か。なら……レンジくん、いるんじゃない？」

培養槽の裏側、資料の奥に隠れた為ルトさんの様子を確認する事が出来ないとはいえ、口調は確信を持っていた。

「……あれ、いないのか。来るとしたらレンジくんだと思ったんだけどなぁ、もしかしてまだ周回してるのかな？」

　コツコツと歩く音を響かせながら俺がいないと結論付けたルトさんに、出ていくタイミングを見失い……、

「あ」

「ど、どうも……」

　しっかりと、見付けられた。

「なんで隠れてるの……？」

「つい」

「……。あ、そういえばレンジ君。僕がここに来たからもう分かってるかもしれないけど、レッサーザラタン、攻略できたよ」

「おめでとうございます」

「僕達は有志を募って口の中に突入して内側から倒したんだけど……レンジ君はどうやって周回したのか教えてもらえたりする？」

「いえ……教えるも何もただの力技なので」

　1回目以外は何を考えるでもなく周回を行ったので炎精霊のクエストの時間も追加されていなかった。

　判定の仕方が少しあれではあるものの、レッサーザラタン程度ではもう俺の相手にならないのだろう。

「……力技で攻略出来たら苦労しないんだけどなぁ。まぁ、周回もしているならそうなのか」

「あ、あのー」

「ん？」

「なんで周回したって知ってるんですか？」

「リスポーンせずに何度も挑んでたでしょ？　それで知ったんだけど……僕のクラン員がそれに触発されちゃってね……」

要するに、俺の周回のせいで【瞬光】の方々がやる気を漲らせてしまったという事なのだろう。【PRECEDER】の面々は既に第8の街へと到達している為、逃げる事は出来るだろうが……一応伝えておこう。

「……ってメール出来ない？」

「そうなんだよね……このままだと僕は溺れ死んだなんていう不名誉な称号を受けちゃいそうだよ」

「戻れば良いんじゃないですか？」

「この宝の山にお宝くんを前にして、戻る訳にはいかないでしょ」

溺れ死んだ……のくだりで頬を引き攣らせつつも、気付かれなかったようなので戻るように促した。

が、わざわざお宝くんなどと俺を見ながら言ったルトさんは全く戻る気はないようだった。

「そういえば、今更だけどレンジ君」

「はい」

ルトさんが空中に浮かんでいるボードを眺めながらも話しかけてきたので、俺も気になったボードを眺めながら、返答する。

「なんで【瞬光】の勧誘を断り続けてるんだっけ？」

「ノルマとか、そういうのが嫌なので」

「んー……レンジ君くらいのプレイヤーだったら、ノルマなんてあってないような物だと思うんだけどなぁ……って、文字化け多いね」

「……パーティとかも煩わしいんで。……文字化けそんなにありますか？」

見ている物が違うのかもしれないが、俺のボードには今の所は一つも文字化けは存在しなかった。

5つの人工守護神獣『麒麟』『朱雀』『白虎』『玄武』『青龍』。

そして、深淵の森深層などのボスとして出現する、虚霊頌神《divide-deity》と呼ばれる神々欠片の詳しい情報が載っているこのボードは、今の所は一つも文字化けがない。

それこそ、それぞれの本体がこの大陸の何処に封印されているか、元々は何体いたか、虚霊頌神《divide-deity》とは何なのか、レベルが人間で言う500相当……500⁉︎

これを見る限りだと、深淵の森深層ボスは『朱雀』の虚霊頌神《divide-deity》になるらしいが、挑まなくてよかったな。

「パーティか……もし、【瞬光】が【PRECEDER】を吸収するとしたらどうする？……って、文字化けないんだ。少し交換してみない？」

吸収……か。

「やれるもんならやってみろ？　って感じですかね」

レイナさんが吸収されるなどそう簡単に受け付けるとは思えないし、俺も出来る範囲で抵抗する。

レイナさんだけでなく十六夜さんもいるのだし、そう簡単に吸収できるとは思えない。

……それにしても。

「その話、一先ず置いときません？　あ、これどうぞ。大体見たんで」

「んー……そうだね。一先ず置いとこうか。これ、僕が見てたの——ってレンジくんが見てたの、結構文字化けしてるんだけど⁉」

「え、嘘だー……」

ルトさんに手渡されたボードに、目を落とす。

『災神』討伐難易度：ＥＸ危険度：ＥＸ
便宜上そう呼んでいる厄災その物の存在。
竜を彷彿とさせる肉体に、ブレス。獣を彷彿とさせる四肢に、圧倒的な力。精霊を彷彿とさせる黒い翼に、魔法。
すべてにおいて私では敵うも——。

「んんん？？？」

少し流し見るが……これ、あれだ。

「図鑑……？」

「んー……レンジくんが見えて僕が見えないのはなんでなんだろう」

「なんででしょうね」

【精霊神の残影】などという、このボードに近しい内容を見る事が出来る称号を取得しているので、それかもしれない。

まあ、【精霊王の加護】の影響かもしれないし、【精霊神の残影】に関しては余ほどの事がない限り口に出す事はないのだが。

「少し、音読してもらえたりする？」

「良いですよ。『災神』討伐難――」

「あー……うん、やっぱり聞こえない」

「そうなんですか？」

「うん。僕から見ると、討伐……から口が動き出してたから、口の動きから察する事も出来ないんじゃないかな？」

「へぇー」

想像以上に徹底的に情報が隠蔽されている事に驚きつつも、現実で姉、十六夜さんには伝えられてしまうなぁ……などと、思ってしまった。

ゲームのマナー的にやるべきではないだろうからやらないが、手段の内の一つとして存在する事ぐらいは認識しておこう。

……でも、そのぐらいは運営も承知だろうから対策はしているか？

「しかし、想像以上にレンジくんが遠いね」

「？」

「【竜神の加護】も取得してるからある程度は追い付いたと思ったんだけど……その先もあるのかな？」

「ありま——え……？」

「ん？」

待て。

【精霊神の残影】で読み取った記憶の一番最後の方には、空中から滅びゆく科学文明を眺めている風景などもあった。

『災神』——精霊を彷彿とさせる……関係ある、のか？

「レンジくんどうかした？」

「あっ、いや、なんでもありません」

「で、その先もあったりするのかな？」

「あります、けど……」

「……、取り敢えず少しだけ自分で漁ってくるね」

「分かりました」

気を使ってか、離れていったルトさんを意識の中から追い出して、真面目に考える。

災神……こんな所で出てくる情報だから、ワールドクエスト『Invisible Black Haze』の途中で出てくる、中ボス的な存在なのではと思っていたのだが……俺の推測が当たってしまっていると、災神は中ボスではなく、裏ボス的存在となる。

もしも、災神が竜神、獣神、精霊神を取り込んだ存在ならば、ファイ達の身が危うい可能性すらあるだろう。

大人しくしているティアを不安か、良く分からない感情から盗み見ながら、他にも何かしっかりとした情報はないのか漁り出すも……災神に関する情報は、これ以上は存在しなかった。

「ルトさん」

「ん？」

大体の情報を伝えられる事は出来ないかもしれないが、吐き出すぐらいは許されるだろう。

色んなリングを手に持って物色しているルトさんに声をかけ、伝えられそうな所を順序だてて説明しながら、吐き出す。

「このゲームの裏ボス、神です」

「……神？」

伝わった。


その後、所々聞き取ってもらえない所があったものの、ある程度の情報交換を終わらせた俺は、ファイ達全員を召喚して王都の墓地区へと移動していた。

因みに情報交換をした後に再び、ノルマなど気にしないで良いからと言われて【瞬光】へと勧誘されたが、一人だけノルマなしだと浮きそうだから、という理由で拒絶した。

その時のルトさんの『いや、確かにそうなんだけど……』という呟きを拾った俺は、そこをついて脱出してきた訳だが……あの様子だと、再び勧誘が来てもおかしくはないだろう。

「行くか……」

ボードに書かれていた、幾つかの情報の中で目に入った、人工守護神獣『麒麟』の在処。

遥か昔の最深部、王都の墓地区10層にある神殿に『麒麟』は封印されているらしい。

『麒麟』は他の4柱とは違って戦闘が必要ないらしく、一番に見るべきだと思ってここへと来たのだが……。

「封印が解けてる？」

如何にもない、壊れた神殿。

封印されているであろう『麒麟』の姿は何処にもなく、そこにあるのはもぬけの殻となった神殿だけだった。

「……これ――」

『――・――…――』

特定条件達成により、
称号【神の調べ】

を獲得しました。

▼報酬▼
ＳＴＰ５
ＳＫＰ５
スキルレベル限界上昇チケット×１
１０００Ｇ

「え」

淡く青色に光っていた柱を撫でただけで獲得した、【神の調べ】という称号。

効果は……ん？

「なんだこれ……」

無罪の証。

とだけ書かれた効果に、レッドネーム時称号消滅という文字。

称号が消える事があるとは思っていなかった身としては、困惑が隠しきれなかった。

それにしても、レッドネームか。

このゲーム、ＰＫを一切見ないのだが……やはり非推奨ゲームなんだな。

ファイ達があまり反応しない以上、人工守護神獣と精霊はそこまで関わりがあるわけではないのだろう。

災神の事を知ってしまったせいで色々と考えなくてはいけない事が増えた。

……が、やれる事も増えたわけだし、『朱雀』の所にでも行ってみるか。


『フィールドを移動しますか？』


深淵の森深層の奥地、海岸付近に到達したタイミングで発生した通知に、ＹＥＳと回答するとその瞬間、今までのボスフィールドへの移動とは明確に違うエフェクトを放ちながら、俺は転送された。

一番最初に視界に映ったのは、閉ざされた神殿。

神殿の前１００ｍほど離れている所に立っている俺と神殿の間には大きな立体的な魔法陣が発生しており……その中から火の鳥が現れた。

『――pyyyaaaaaaaaa!!!』

周囲一帯を覆う水の壁から、ここが海底だという事が察せられたが……ファイ達の召喚が、解除された？

人工守護神獣『朱雀』虚霊頒神《divide-deity》。

大陸の南沖合、深海に封印されし神殿の主『朱雀』の欠片。

『朱雀』に個として認めてもらうには、何がなんでも倒す必要がある存在。

それは空を悠々と飛び、俺の前まで来ると……声を紡ぎ始めた。

『――嗚呼、祖よ。幾億の星が崩れた事か。幾億の名が廻った事か』

『我は汝を迎えよう。孤高たる人よ。我に魅せよ、その魂を』

『名を、答えよ』

「えっ……レンジ、です？」

『そうか……。レンジよ、我は汝を個と認めよう』

『魅せてみよ、個の輝きを。魅せてみよ、個の渇望を』

少しずつ開き出した神殿の扉に、俺を捉えて離さない『朱雀』虚霊頒神《divide-deity》の瞳。

『第一試練《first-gate》：《血脈溶循《blood-mingle》》』

試練が、始まった。

ボードに書いてあった、第一試練《first-gate》：《血脈溶循《blood-mingle》》。

視界に表示された文字を見て、本当に試練が始まったんだなぁなどと感傷に浸るも、すぐに『朱雀』から距離を取った。

封印されているスキルを一目見て、考えていたスキルに頼らない戦い方を頭の中で復習している内に、次の言葉が紡がれた。

『――魅せよ。器へと至らしめる汝の軌の生死を』

『――魅せよ。己を己たらしめる汝の魂の在処を』

『――に与えられし筋道ではなく、汝の生こそを』

『領域変異《region-rule》：《炎熱神楽《heat-soul》》』

『足掻いてみせよ、炎を司る我が世界を。受けてみせよ、我が熱風を』

「いやそれ火炎放射ッ⁉」

『朱雀』が羽を広げた瞬間、大量の小型『朱雀』のような物が飛び出し、それぞれが火炎放射を放ち始めた。

当たり前のように『朱雀』も炎を撒き散らしており、ステータスに表示された『状態異常：炎症』は、俺のＨＰを少しずつ削り始めている。

「ッチ、想定より数が多い」

ある程度の数は想定していたが、１００を超える数に、最低でも３撃を要する耐久力のせいでつい愚痴が漏れた。

矢に関しては自作分以外にも買いだめをしていた為在庫を気にする必要がないが、ＨＰ回復薬は場合によっては節約しなくてはいけなくなるので、ステータスを定期的に見るように心掛ける。

「リングがあって助かったな」

メニューからストレージを開いてアイテムを取り出す必要があるアイテムストレージに比べ、念じれば手元に出せるアイテムリングの有能さがこの場で際立つ。

アイテムリングは、取り出す物を明確に思い浮かべないと別の物が取り出されるリスクがあるとはいえ、矢しか入っていない今は本数を思い浮かべるだけで良い。

ＨＰ関連が厳しい事になりそうなのを自覚しながらも、着実に小型『朱雀』の数を減らし続ける。

『……』

四方八方で様々な方向に火炎放射をしている小型『朱雀』達。

俺という標的を狙ってこないのはありがたいが、適当に回転しながら火炎放射を放っている小型『朱雀』達の行動を予測するのは難しい。

今だって真横から目と鼻の先を火柱が通っていった訳だし……。

気が付いたら上空へと移動し、炎を纏ったままただ見下ろしてきている『朱雀』。

何も喋らないし、全く動かない。

強いて言うならば俺を何があっても見逃さないといわんばかりの眼力で見ているのだが、実害は何もなかった。

「っし、半分はいったか……？　次」

数が減ってきたおかげで、適当な方向へと放たれている火炎放射は意味を成さなくなってきており、俺は比較的簡単に小型『朱雀』の数を減らす事に成功していた。

「ステータス封印はされてないのは助かる」

一番割り振ったMPが意味をなしていないのはさておき、AGIのおかげで動体視力など、様々な物に補正が入っている。

一度も外す事なく、すべての小型『朱雀』を倒した俺への、『朱雀』の回答は……、

『魅せよ、魅せよ。魂の雄叫びを』

『——魅せよ。器へと至らしめる汝の軌の生死を』

『――魅せよ。己を己たらしめる汝の魂の在処を』

『――に与えられし筋道ではなく、汝の生こそを』

『霊機再誕《Re:heat-soul》』

やり直し、だった。

「やっぱ駄目か」

ボードに書かれていた情報によると、人工守護神獣はスキルに囚われない戦い方を求めてくるらしい、という事は分かっていたのだが……。

当たり前なのかもしれないが、単純にスキルを使わないだけでは駄目なようだった。

再び現れた、１００を超える小型『朱雀』の群れ。

『嗚呼、――よ。貴様の所為で孤高たる人も地に伏せる』

『何故、筋道がある。何故、救済がある。過度な救済は滅びとなる』

『見よ、この有様を。我等は道を示す者。見よ、この有様。我等は道を示すのみ』

頭上で発している『朱雀』の声を聞き流した俺は……何を考えるでもなく、ダブルショットを放ってみた。

「おっ、やっぱ出来るのか」

ボードに、スキルが封印される代わりに、スキルの制限を受けなくなる。

と言ったような内容が書かれていたので、半信半疑ではあったが試してみた結果のダブルショット。

これならば……。

「トリプルショット」

俺の声と共に現れた3連射に、一撃で倒れた小型『朱雀』。

「チェイサー……はちょっと違うか？」

残りの体数は……100とちょっと、か。

取り敢えず、100基を落とそう。

「ロックオン。トリプルハンドレッズアロー」

それぞれ、100基の小型『朱雀』へと向けて放たれたトリプルショットに、想像以上に上手くいった事を実感させられる。

「これ……すごいな」

一瞬で消え去った小型『朱雀』の群れ。

【サウザンドアロー】よりも、この矢の弾幕のほうが空を支配した〝彼〟の矢に近い風景を作り出す。

標的がいなくなった為、もう一度やるという訳にはいかなかったが、これは良い。

『孤高たる人よ、汝の軌跡、汝の意志を……問おう、〝生〟とは』

「生……か」

『朱雀』の言い回しがいまいち未だに把握できていない身としては、どう回答するのが正しいのか良く分からないが……このゲームをやる理由、弓を使う理由、などだろうか。

ならば……。

「〝彼〟に至り、追い越す為。空を支配する為」

2つ答えてしまったが……まあ、良いだろう。

『朱雀』がどう判断するのかは知らないが、俺にとってこの2つは等しいが、等しくない夢なのだから。

レイナさんのような、弓を知らしめるなどという高尚な理由もなければ、彼女ほどの技術もないだろう。

が、この憧れの強さだけは、誰にも負けない。

『では、魅せよ。その〝生〟を』

『示してみよ、その覚悟を』

『第二試練《second-gate》：血脈解錠《blood-reveal》』

「……ん？」

何も起きない。

恐らく、第一試練の時同様状態の変化などを確認する時間なのだろうが、ステータスを見ても何も変わりなければ、『朱雀』の方を見ても動く気配がなかった。

暫し、無言の時間が生まれる。

それから数秒後、何か納得したらしい『朱雀』は、大きく翼を羽ばたかせて空高くへと舞い上がると……、

『領域変異《region-rule》：《炎熱神威《heat-dignity》》』

大量の、小型『朱雀』よりも一回り大きい……いうならば中型『朱雀』の群れを展開した。

1体1体が明確な意思を以って隊列をくんでいるように見える中型『朱雀』の群れ。

統制のとれていなかった小型『朱雀』に比べればやっかいな事この上ないが……取り敢えず3発ほど撃ち込んでみるか。

「ロックオン、トリプルショット」

一番端にいた1体の中型『朱雀』に、6本の矢が突き刺さる。

「……は？」

視界に表示された【追撃】の2文字。

中型『朱雀』が瀕死の状態に陥っていたので、もう一撃程度かと思い何も使わずに矢を射たのだが、それも2本目が発生していた。

撃沈した中型『朱雀』を見るに、8撃で倒せるのだろう。

「確か……ロックオン、クアドルプルショット……っておい」

撃沈したはずの中型『朱雀』が、多少小さくなりながらも統制を外れて動き出したのを見て、復活機能のような物が備え付けられている事が分かった。

確かめる為に射た8撃で撃沈した中型『朱雀』も、少し小さくなりながらも復活したし……。

「なんで動かないのか知らないが、ロックオン、クアドルプルハンドレッズアロー」

800のMPが消費されているのを見て、第二試練は楽にいったな……などと甘ったれた事を考えていると……すべての矢が、中型『朱雀』の火炎放射によって撃ち落とされていた。

「ッ、くるか⁉」

規律を乱す事なく、連携を取りながら飛び回り、俺へと近付いてくる中型『朱雀』。

それらすべてが俺へと火炎放射を放ってきて……、

「ショートワープ!!」

ギリギリの所で回避に成功した。

何度か一応は試していたのだが、ようやく成功したショートワープ。

単純に目的地へと移動するというイメージでは発動しなかったのに対し、空間を歪ませて距離を変えるというイメージをすると発動した。

「っぷな……」

自分でもどうイメージしたのかうまく説明する事は出来ないのだが、発動したのだからまあ良いだろう。

このショートワープのイメージを応用すれば……。

「んー……ディレクションショット?」

いや、違うか。

俺がイメージするのは空間の歪みを応用した、火炎放射程度では防ぐ事が出来ない全方位からの攻撃。

逃げ場を作らず、空間の歪みの檻《おり》を作り出すようなイメージ……。

「ジェイルショット」

【魔力感知】が、一気にMPを消費したのを知覚する。

流石に100基以上を囲むのは厳しかったが……半分程度の中型朱雀を囲み、空間の歪みから矢が射出され続けるのが視界に入った。

「……今撃ってないんだが」

時間差サウザンドアローのような物だろうか。

それ等によって復活する間もなく中型『朱雀』が倒されていくのを見ているはずの『朱雀』が動く気配がないのを、再び不審に思いながらも周囲を囲まれている現状をどうにかしようと考える。

「……ターン？　いや、しっくり来ないな」

イメージをする以上、自分の中でしっくり来る言葉を考え出さなくてはいけない。

先程のジェイルショットを反転させた物を使えば、今周囲を囲っている『朱雀』達を倒すことは出来――、

「ッッ、考える暇ぐらいくれよッ！」

全方位から火炎放射が来ている為、躱す先を思い浮かべる事すら出来ない。

射出された後の光景を思い浮かべ……、

「ウニショット!!……って出来た!?」

全方位に、矢が射出された。

「ウニで良いのかよ……いや、自分で想像したんだけどさぁ」

火炎放射を防ぎ、中型『朱雀』を撃ち落とすウニ攻撃を、空間の歪みの中から眺め見る。

発動しなかった場合は死んでいた事を考えると、文句は言えない。

「残ってるのは……いや、結構残ってるな」

が、もう少し格好良い名前を思い付けなかった物だろうか。

空間の歪みを利用した一方向への攻撃。

最も想像しやすい、憧れの〝彼〟のような攻撃。

「ロングショット」

矢の群れが、射出された。

『汝の生を、覚悟を、我はしかと見届けた』

『されど、問おう。それで良いのか、そんな生で良いのか。今ならば』

「これでいい」

『そうか、そうか……』

『朱雀』の言っている事を聞く限りだともう一度生を選ぶ事からやり直す事が出来そうだし、第一試練と違って第二試練には自己申告制のループ機能があったのだろう。

まあ、俺が〝彼〟を超える事以外を選択する訳がない。

選択したから【追撃】が発生したのかとか色々と気になる事はあったが、わざわざ生を変えてまで知る必要はなかった。

『では、問おう。汝の生に何を望む』

生……〝彼〟を超え、空を支配する事。

それに何を望むか。

空を支配する事が望みだから、望みに対して望む事など特にないのだが……。
捉え方を変え、そこへと至る為に何を望むのかという事だとすれば。
「矢の群れを作り出す能力を」
『想像せよ、創造せよ、汝の理を捻じ曲げる、生に望むその理を』
『我に魅せよ、汝が望んだその生を。そして勝ち得よ。汝の生そのものを』
『第三試練《final-gate》：《血脈相承《blood-glory》》』

ブラッドスキル【追撃】が付与されました。

ブラッドスキル【領域射撃】が付与されました。

ステータスを確認すると、相変わらず封印状態だからか灰色で表示されているスキル群の中から2つだけ、赤色に爛々《らんらん》と輝いているスキルを見つけた。
勿論、【追撃】と【領域射撃】だが、ブラッドスキルという名前だからなのか、従来の白色に表示されるスキル群に比べて異様な存在感を放っていた。

『我に魅せよ、その生を』
『紡げ、汝の生、汝の魂を』
『領域変異《region-rule》：《炎熱蓋世《heat-divine》》』

その瞬間、虚霊頒神の周囲を覆い尽くさんばかりに大量に発生し始めた小型『朱雀』に中型『朱雀』。

「うわ……【領域射撃】……うぇえ…………」

火炎放射の向きなどに気をつけなきゃいけない小型『朱雀』に、連携を取って俺を狙ってくる中型『朱雀』、そして戦闘力不明の虚霊頒神。

なんとなくそんな事もあるんじゃないかと思ってはいたが、現れて欲しくない戦闘集団が俺の目の前には現れていた。

小型『朱雀』、中型『朱雀』それぞれで100基は優に超えているその集団が、俺を殺そうと行動を開始する。

パッと見た【領域射撃】が先程俺がやっていた攻撃に近い能力を持っているとはいえ、そう簡単に倒せるとは思えなかった。

「小手調べに……【領域射撃】」

スキル発動と共に消費された、3000MP。

目の前に出現した100の歪みから、1秒に2撃の矢が射出され始めた。

その間も、【領域射撃】の範囲外から俺を殺そうと近付いてくる『朱雀』達を対処する為に、動きながら着々と数を減らしていく。

気が付いたら、俺の目の前の100の歪みから飛び続ける矢の雨は小型、中型『朱雀』の群れをほぼ完全に殲滅していた。

「あれ……思ったより楽、か？」

【領域射撃】の発動時間が終わり、幾つかの復活した中型『朱雀』も残ってはいるが……と。

「ッッ⁉」

再び、１００を超える小型『朱雀』、中型『朱雀』の群れが展開される。

その後も、俺に倒される度に現れる小型『朱雀』に中型『朱雀』達も、再び展開された【領域射撃】によって俺へと攻撃を届かせる前に死に絶える。

グドラを召喚して眷属がいる時、またほぼないがパーティを組んでいる時には扱いづらそうなスキルだが、強いのは間違いないだろう。

「……」

矢が当たっていないのか、全くダメージをうけた様子のない虚霊頌神《divide-deity》を眺める。

視線があったような気がするが……未だ動く気配はなかった。

現れ続ける小型『朱雀』に中型『朱雀』、射出され続ける矢の群れ。

そろそろＭＰ的にも厳しくなってきたのだが……。

『……我は道を示す者。筋道通りの生はいらぬ、我が望む輝きは筋道に沿わぬ、汝の生そのもの』

『故に……霊機再誕《Re:heat-born》』

今までの、倍の勢いで小型『朱雀』、中型『朱雀』が出現する。

……どういう事だ？

スキルを受け取ったからそれを使って倒しているのだし、俺の行動は間違っていないはずなのだが……。

筋道通りの生はいらぬ。という事は、自分で道を切り開け、という事だろうが……。

「……まだ、自由に使える？」

「【包囲射撃】」

【領域射撃】から少しだけ変わったスキルが、虚霊頒神《divide-deity》の周囲に展開される。

それらすべてはあの時に発動したジェイルショットに近い効果を発揮し……すべての空間の歪みと共に、虚霊頒神《divide-deity》に吹き飛ばされた。

「ははっ……」

『……我が望むのは汝の生そのもの、道を示しこそすれど、汝がその道を歩む道理は存在しない』

『故に……『『それで良い』』』

『これが汝の望む生、これが汝の歩む道か』

『我は汝がどう歩もうとも構わない』

『が、魅せよ。我をも食らわんとする渇望の末に得る生を』

『我に示せ。汝が理、汝が生を』

『領域変異《region-rule》：《【炎熱凱旋《heat-soul》】》』

ＭＰが共有されました。

その瞬間、空間が割れた。

というよりも、虚霊頌神《divide-deity》が初めて姿を表したと表現するほうが適切だろうか。

先ほどまではそこまで圧力がなかったというのに……。

たった今、明確に圧力が変わった。

すべての小型『朱雀』、中型『朱雀』が消えているというのに以前よりも強くなった熱気はステータスに『状態異常：火傷・脱水』と表示させるまでに至っているし、所々に存在する炎は輝きを増していた。

「は？」

全力の攻撃があっさりと防がれた事に、乾いた笑みを浮かべていたのだが、MPが共有される。

ブラッドスキル【領域射撃：攻殺陣】が付与されました。

ブラッドスキル【領域射撃：防殺陣】が付与されました。

それぞれで、使った事があるようなスキルも付与された。

「……これを使って、勝てって事か？……取り敢えず、【領域射撃：攻殺陣】」

虚霊頌神《divide-deity》の周囲に空間の歪みが出現したが、再び難なく吹き飛ばされた。

『耐えてみせよ、超えてみせよ。我が領域、我が炎界が壁となる』

『示せ、魅せよ、我が望む、汝が望むその生を』

『我が熱風をう――』

「だからそれ火炎放射ッ⁉」

『……』

羽を広げ、その内側から大量の火柱を放ってきた『朱雀』。チラッと見えた火炎放射機が『朱雀』が人工物である事を象徴していたが……。

「なんでそんな急にっ⁉」

第一試練、第二試練はまだ余裕があって、勝てないと思った時はあったが死ぬと思った時はなかった。

第三試練も復活しすぎとは思いはしたものの、明確な死はそこまで感じ取る事が出来なかった。

だけれども。羽の下からレーザーのような火柱を6本放ち続け、分身までしだした『朱雀』は流石に納得がいかない。

4体に分れた虚霊頒神《divide-deity》が、悠々と俺の周囲を取り囲む。

「【領域射撃：防殺陣】……も駄目だよなぁ」

あっさりと防がれた俺の攻撃に、危うく負けを認めそうになる。

『『『『我は今汝、レンジを個として正式に認めた。義を尽くそう、試すのでは無く、正式な相対せし者と認めよう』』』』

『『『『故にこそ、我は汝を撃滅しよう。乗り越えよ、踏み越えよ。我が認めた個、レンジよ。我が望む生を、汝が望むその生を、貴様の手で勝ち得てみせよ』』』』

『『『領域支配《region-control》：《炎界《BLAZE=WORLD》》』』』

「ッッ!!」

４体の虚霊頒神《divide-deity》がそう唱えると共に、大量の小型『朱雀』、中型『朱雀』が顕現した。

虚霊頒神《divide-deity》が４体に増えたからか、今までの４倍近く展開された小型『朱雀』、中型『朱雀』に冷や汗をたらしながら……、

「【【【【領域射撃】】】】　！！！！」

大量の歪みを、展開する。

だからこそ前後左右上、５方向に展開した５００の歪みから射出される、圧倒的な矢の群れ。

【領域射撃：防殺陣】では、数が足りない。

それを見ても虚霊頒神《divide-deity》がいる以上……、

『『『魅せよ』』』

全く安心できなかった。

小型『朱雀』、中型『朱雀』はどんどん倒れていく。

が、それと同じぐらいの速度で補充されていく。

ＭＰが∞表記になっている事もあり、終わりのない戦いをやらされている気分になりながらも、打開策を考える。

「……歪みの場所、変えられるか？」

未だ、近付かせるには至っていない為攻撃の着弾までは時間がある。

が、そのラグをなくしたらどうなるだろうか。

お試しの気持ちで射た、【領域射撃：攻殺陣】。

「【【【【領域射撃：攻殺陣】】】】」

「やっぱりっ……」

展開してすぐに、すべての歪みごと吹き飛ばされてしまったが……知りたい事は確認できた。

「後は……」

これで、認められるか。

『『『魅せよ、示せ。何故汝の生を示さない。我に魅せよ……その生こそが我が、汝が渇望。求めよ、貌を爆ぜよ』』』

何故か発せられた虚霊頒神《divide-deity》の言葉をスルーしながら、そこで認められなかった場合を考える。

「……取り敢えず、やってみるか」

「【領域射撃：攻殺陣】【【【【【領域射撃】】】】】」

すべての虚霊頒神《divide-deity》にすぐに吹き飛ばされる事を覚悟の上で【領域射撃：攻殺陣】を使う。

それの周囲を囲うように発動した6つの【領域射撃】。

「……【領域射撃：防殺陣】!!」

戦闘フィールドの、すべての空間を矢が支配する。

それほどまでに、大量に展開された攻撃は……『朱雀』達の復活を許す事なく、すべての小型『朱雀』、中型『朱雀』を殲滅する事に成功した。

その後、すぐに来た熱風。

それに、すべての歪みが吹き飛ばされた俺は――。

『『『汝の求む生はその程度か。飢え、求め、そして至る。上が見えぬ限り、汝の生がその程度でしかないのであれば、汝はその程度にしか至らぬ』』』

『『『超えよ、爆ぜよ、汝の禊は今ここに潰える』』』

『『『汝の生、汝の魂を超えよ。巡り会え、我が同胞は汝を温かく迎え入れるだろう。そして学べ。貴様の生の小ささ、されどその深さを。再び会わん時、我が意を超えんように』』』

意識が途絶える中……、

【朱雀の加護】を獲得しました。


確かに、その音を聞いた。

「……ここ、何処だ？」

言うならば、神殿。

その中心部らしき場所に立っていた俺は……。

「って、は？」

『朱雀』に背後を取られていた。

虚霊頒神《divide-deity》のような、『朱雀』の欠片ではなく、人工守護神獣本体。

封印されている以上、背後を取られるという表現は可笑しいのだが、動きを止めて尚、その圧力は虚霊頒神《divide-deity》とは比べ物にならない物だった。

4つの柱の中心に、丸まったような姿勢のまま動かない『朱雀』。

「……もしかして」

戦闘中に見えた神殿、か？

入り口の扉が、ほんの少しだけ開いていたのでそこから外を見ると……海の壁の先で、誰かが戦っていた。

虚霊頒神《divide-deity》はいない。

戦っているのは小型『朱雀』と中型『朱雀』だけなので、彼女は試練には至っていないのだろう。

「……あ、終わった」

そのまま、フィールドから消え去っていった女性を見届け、一息つく。

どうやら、深淵の森深層の初討伐報酬は、ギリギリの所でもらえたらしい。

討伐したか、と言われると首を傾げざるをえないのだが、そこはまあ良いだろう。

封印されている『朱雀』に一礼し、神殿の入口前にあった転移魔法陣から、俺も元のフィールドへと移動した。

「ふぅ……疲れたな」

〝炎精霊〟のクエストがクリアされている事には驚いたが、それは『そんなに長く戦っていたのか』という感情が大きい。

精神的にも少し疲れた俺は――ログアウトして少し休憩した後、火精霊を王都のクランホームで召喚する事にした。

「……っし、召喚するか」

クランホームの2階にある、個人部屋で召喚を始める。

1階の大部屋に誰か複数人の気配がしたが、わざわざ挨拶をする必要はないだろう。

今はそんな事よりも召喚のほうが優先順位が高い。

【精霊召喚：火】『エン』」

火で出来た蕾に、エンという文字が吸い込まれて回り始める。

悩むそぶりもなく名前を決めた事に驚いたのか、ファイが不思議そうに俺の顔を覗き込んでいたが……俺は新たに仲間になったエンに、目を奪われていた。

今までにはない雰囲気を発するエン。

動きやすそうな和服……と言えるかよく分からない服装に、刀を腰に携えて長い赤髪を揺らした少女。

今まで武器を持った精霊がいなかったので、驚きが隠せなかった。

「……エン、これからよろしく」

無言で『コクリ』と頷いたエンは俺の右斜め後ろの空中を陣取ると、動か……動けなくなった。

他の精霊に囲まれて少し焦っている雰囲気が【魔力感知】で感じ取れるが……恐らく、真面目？

な少女なのだろう。

召喚しているからかある程度までは感情を理解できるのだが……今までの中で、一番しっかり者だろう。

「……ってリム？」

いわゆる『orz』のような姿勢になったリムと、リムの元に動いて肩を叩いたライという珍しい物を見られた事に驚きつつも、問題なく馴染めた様子に安心する。

……ファンが壁を突き破って何処かへと行きかけ、エイが地面に潜りかけた時は流石に焦ったが……備え付けのベッドに寝っ転がりながら、回復薬以外での回復を初めて体感する。

俺が寝っ転がったせいで定位置からの移動を余儀なくされたヤミとライはお腹の辺りへと移動した。

「……その、ライの目線はなんなんだろうね……」

キラキラと、まるで同士を見つけたかのような目線を向けてくるライに困惑しながらも、エンへと視線を向けると……。

全員と顔合わせのような物をしようとしているのだろうが、始めからファンに話しかけるのは難易度が高すぎる。

数分後、エンが一応は全員との顔合わせを終わらせた事を確認してから……俺は弓に加護をかけてもらい、戦いに行く事にした。

強化された弓の力、まだ確かめられていないエイ、エンの力等を確かめに行こうと思っているのだが……その思いが伝わったのか、エンがファイ以上にやる気を出し始めた。

「……ファイ以上って相当だぞ……」

1階に降り――。

「って……」

「あ、レンジくん。さっきぶりだね」

ルトさんに、遭遇した。

「なんでここに……?」

「レンジくんに、やれるものならやってみろって言われたの、試そうと思ったんだけどねぇ」

「……断られた、と」

「そういう事。あ、そうだ。精霊の耳飾り……いる?」

「この会話の流れでもらおうとする訳ないじゃないですか」

大体の事情は察した。

部屋の中にはレイナさんがいて吸収の話を持ち掛け、断られた。

で、帰り道にて俺が見つけられてしまった、と。

「んー……口添えしてくれるだけでも、良いんだけどなぁ」

「しませんよ」

「じゃあ、戦って僕が勝ったら口添えを、僕が負けたら精霊の耳飾りをあげるってのはどう?」

「……。……、……イベントで俺が勝てば良いだけの話なので」

「……すごく葛藤が見えるんだけど」

正直言えば、精霊の耳飾りはすごく欲しい。

負けても口添えをするだけで良いならば、レイナさんの意思が俺1人で変えられるとも思わないし問題ない。

それに、イベントに出る理由がなくなるから、イベントはある程度適当にやるだけで済ませられる。

人前で戦うのが嫌な以上、これほど良い条件はないだろう。

問題は……。

「勝てるか、だな」

「うん？」

「いえ、なんでもありません。申し訳ないんですけ――」

「――ん、受けちゃえ」

「……十六夜さん？」

扉の奥から現れた十六夜さんが、軽い調子で言葉を発する。

「レンジさん、受けてしまって良いですよ」

「……え？」

その後ろから出てきたレイナさんも、同じような事を言ってしまった事で、俺の退路が塞がれる。

「……で、レンジくん。どうする？」

「じゃあ、お願いします」

「よし、じゃあ――」

「地下の修練場をお貸ししますよ？」

「……それか。……じゃあ、お願いしようかな？」

「ええ、どうぞ」

「それにしても……僕が勝った時の報酬、緩すぎたかな？」

「別に、吸収になさっても良いですよ？　代わりにレンジさんが勝った時には【瞬光】の持つ情報など、すべて教えてもらいますが」

「……レンジくんほど情報持ってないんだけどなぁ」

その場にいる全員の視線が、俺へと集まる。

ルトさんとレイナさんがお互いに圧力を発しながら話していたので会話に混ざるタイミングがなかったのだが……軽い気持ちだったというのに、一気に重大責任と成りかねないので慌てて訂正を求める。

「あの、流石に吸収とかは……」

「レンジさんが負けるとは思いませんし」

「ん」

「……なんかあれだけど、レンジくんが勝ったら弓をしらしめる事を含む様々な事をするのは約束するよ」

「あの、マジで重――」

「――レンジさん、勝てますよね？」

「え」

「勝てますよね？」

「あのー」

「勝ちますね？」

「はい」

物理的な圧力と共に、レイナさんに勝利を求められ、つい頷いてしまう。

レイナさん相手に臨戦態勢を取っているエンになんとも言えない気持ちになりながらも……移動を開始した。

「では、ルールはなんでもありのデスマッチで良いですか？」

「はい」

「うん、良いよ」

ルトさんと対面している状態で、レイナさんによるルール確認が行われる。

……と言っても、ルールなどないのだが。

警戒すべきは近付かれる事なので、【ショートワープ】が一番警戒すべきスキルとなる。

それ以外には……一応【ステップ】などの加速系スキルも警戒すべきだが、近距離の方々のスキルは良く分からないので、何が起きても対処出来るよう全力で警戒……いや。

「速攻」

「ん？　雰囲気が変わった？」

「では……【始め】!!」

「【竜神の加護】」

【精霊王の加護】【精霊魔法：火】【火精霊の加護】【精霊魔法：風】【風精霊の加護】【精霊魔法：雷】【雷精霊の加護】【精霊魔法：水】【水精霊の加護】【精霊魔法：土】【土精霊の加護】【精霊魔法：闇】【闇精霊の加護】【精霊魔法：光】【光精霊の加護】【精霊魔法：無】【無精霊の加護】」

「んんん？？？　8属性？」

「いえ……10人です【領域射撃：攻殺陣】!!」

確かに、8属性の加護しか発動していない。

が、エンとエイがいるのだから、普通に8属性と勘違いされるのは何か、認められない。

「ちょおっ、って……【ショートワープ】」

【領域射撃】!!」

「――っていや、ちょ、【ミラージュ】!!」

「……知らないスキル」

「ん？　知らないんだ。【ミラージュ】は――」

勝った後にでも聞けば良いと判断し、言葉を続けさせる事なく攻撃をくらわせる。

「【ハンドレッズアロー】【インパクト】【ブラスト】!!」

「【火竜腕】、【土竜腕】!!【騎士王の誓い】【ハイプロテクト】【ファランクス】」

「【ダブルショット】【クイック】【ペネトレイト】」

未だ発動している【領域射撃：攻殺陣】、【領域射撃】を横目に、ルトさんを仕留めるべく、全力の攻撃をくらわせる。

ＭＰは既に３、４０００近くしか残っていないが……余ほどの事がない限り、これで倒しきれるはずだ。

ＭＰ回復薬を一気に飲み干し、爆発で見えなくなったその先を見続ける。

「いっつぅ……容赦ないね」

「生きてるんですか」

「流石に、瞬殺されたらクランリーダーとしての面目が立たない。じゃあ、次は僕のターンだ。

【ステップ】……【ショートワ——】」

「悪いんですけど……【領域射撃：防殺陣】後ろも攻撃範囲内です」

スキルのクールタイムがきれたのか、【ショートワープ】を使って真後ろに転移したルトさんに【領域射撃：防殺陣】をくらわせる。

「ッ、【ショートワープ】」

「……はは、逃げられたか」

「……よく生きてますね」

が、それを盾を使って上手く受け止めながらも近付いてきたルトさんは俺へと攻撃をくらわせようとしたので、即座に【ショートワープ】を使って退避する。

「そりゃ、騎士王は頑強じゃないと」

「……頑強ってレベルじゃないと思うんですけど」

200本の矢による爆発、4本の狙撃を受けた後に2000本近くの矢――と言っても実際受けたのは100に満たないだろうが――を受ける。

とてもじゃないが、俺では生き残れないだろう。

「それにしても……そのスキル、僕は知らないんだけど」

「『朱雀』のですね」

「あー、分かった」

「ただ、全森の殲滅者取らないと不味いらしいんで……今からどうぞ【テンスアロー】【インパクト】【ブラスト】」

「そんな攻撃じゃっ、死ぬ気にはならないかな!!」

「【ペネトレイト】」

「くっ」

「【クイック】」

「【ダブルショット】」

「【ショートワープ】!!」

チマチマと攻撃を続けると、流石に耐えかねたのか【ショートワープ】を使ってくれた。

……普段のルトさんであれば使わないだろうが、それほどHPがやばいという事なのだろう。

「【ハンドレッズアロー】【インパクト】【ブラスト】」

「だからなん――」

視界に勝利の2文字が表示され、MPが全回復する。

「――で、……って負けちゃったか」

「思ったよりも楽に勝てました」

「……レンジくん、それは煽りかな？」

「いや、そういう訳ではなく」

「……じゃ、なんで矢の数が倍なのか答えてくれたら良いよ」

「あ、それは【追撃】のスキル効果です」

「……パッシブで戦闘力倍か」

確かに……【追撃】はスキルの中では群を抜いて強いスキルだろう。

というよりも、ブラッドスキルが強いのだが、今後はブラッドスキルの有無ですべての勝敗が決まりかねない。

ルトさんに教えてしまった以上、【瞬光】のクラン員達には広まるだろうし……俺も【PRECEDER】の方々にはすべて話しておこう。

「……はぁ、取り敢えず精霊の耳飾りは譲渡するね」

「ありがとうございます」

早速受け取った精霊の耳飾りを……右耳に装備する。

……これ、左耳にも同時に装備できる物なのか。

効果も重複するらしいし……イベントも頑張るか。

「それにしても……まぁ、負けちゃったから吸収云々は以後しないよう、クラン側にも言い伝えておくよ。暴走者は……そっちで好きにして良いよ」

「分かりました。好きにします」

俺の代わりに受け答えを開始したレイナさんが、いきなり物騒な事を述べる。

「あはは……真面目に言い聞かせておこう」

「……まあ、第8の街には当分来れないかと思いますので。レンジさん、吹っ飛ばして良いそうですよ?」

「……頑張ります」

「「ええ」」

レイナさんとルトさんの、対極に近い感情がこもった声。

まあ当たり前だが、PKプレイヤーになる訳にもいかないし、穏便に帰ってもらうから問題ないだろう。

……グドラが殺したらどうなるのだろうか。

「……因みに、第8の街の条件は厳しいのかい?」

「ええ。あなた方……というよりも、私達以外は厳しいと思いますよ」

「そういう事か。良い情報をありがとう。……それにしても、そうならどう転んでも僕達はしなくてはいけなかった訳だ」

「ふふ……」

「笑みを浮かべられるのが一番怖いなぁ……!!」

良く分からない会話が、２人の間で繰り広げられる。

レイナさんは脳筋だと思っていたので少し驚きつつも十六夜さんに目を向けるが……見たい物が見れなかったのか少し不満そうな表情をしながら俺を凝視していた。

「あ、そういえばレンジくん」

「なんですか？」

「それの元の持ち主、レンジくんに会いたがってたから」

「うわ……」

精霊の耳飾りを指差しながら発したルトさんの言葉に、つい声が漏れる。

当たり前の事だが失念していた。

こんな高品質なアイテム、元の持ち主がいたら簡単に手放す訳がないのだ。

「……竜の耳飾りで勘弁願えますかね？」

「んー……分からないかな。それに、もう精霊の耳飾りは僕の物じゃないからこれ以上は、ね？」

「早速ですか」

同盟員だったら協力は惜しまな――」

「冗談だから安心して……!!」

少し慌てた様子のルトさんに、少し気がそがれる。

「まあ、個人の行動は自由ですので勧誘はお好きに――」

「レンジく――」

「――お断りします」

なんで、と言ったような顔をしているルトさんに、前に伝えただろ……と思わないでもないのだが、真面目に今後誘われずに済みそうな断り文句を考える。

実利的な物だと今まで効果がなかった上にそういった環境を用意されても困るし、感情的な理由で断るのが良いだろう。

そうだな……これならしっくり来るか。

「俺は……【PRECEDER】の雰囲気が好きなので。今後も【PRECEDER】から移籍する気はありませんよ」

書き下ろし番外編II

釣りクエストwithクロ

I'm an unfortunate archer,
but doing Okay

クランホームの一部にある個人部屋。

その自室にて少し休憩を兼ねてクロと戯れていた俺は、クランの機能を色々と見渡していた。

現在の【PRECEDER】のクランランクは2で、出来ることはクエストの受注、解放済み設備の追加などの幾つかのみ。

【瞬光】に初めて行った時にいたNPCの受付を雇用するのはクランランク3が必要で、そこに至るとクランホーム同士を繋ぐ転移魔法陣を設置する事も出来るらしい。

ランクを上げる方法はクエストこなす事と、献金、など。

「……んー、簡単なのが多いな」

少し気になったのでクエストの一覧を見てみたが、どれも数分の内にクリアできそうな内容ばかり。

所々に時間が掛かりそうな物もあったが、それ等もすべて時間が掛かるだけで、クリアする事は簡単に出来そうな物だった。

「……手っ取り早く済ませられる物ならやっても良いんだけど。あ、これギルドに預けてるアイテムでクリアできるな」

手元で開いている半透明のボードを覗き込むように動いたクロを撫でつつ、そんな事を声に出しながらスクロールしていく。

「んー、これは……あった、か？」

クランホームが王都にあるからか、比較的に第4、第5の街辺りの素材を求められるクエストが多い為、殆どは売却している物が多いが、所々持っていたような気がするアイテムを求めるクエストも流れてくる。

一応は王都内の宅配クエストのような物も存在するが、そちらはやる予定がないので特に見る必要はないだろう。

「んーあま――」

「んにゃ」

「っちょ!?　ってか押せるの！！？」

まるで明確な意思があるような動きで腕を伸ばし、俺がまだ眺めていなかったクエストの受注ボタンをタップしたクロ。

クエストは……、

「これ……？」

『魚の一定数の納品』という、クロの意思が感じられるような物。

今見てきた中でも、一番面倒くさそうなクエストである事に少し眉を顰めながらも……概要を眺めていく。

「……ソードフィッシュとかは駄目なんだ」

ソードフィッシュの切り身といったアイテムや、ブラックタイガーの脚といったようなアイテムは幾つか持っているが、このクエストで求められているのは魚。

要するに、魔物ではなく釣りシステムによって得る事が出来る料理アイテムの事らしい。

「……クロ？」

「んにゃお」

「……はぁ。釣りなぁ……見かけた事ないな」

魚自体は、深淵の森や第3、第4の街の間を流れる川や、古代湖で見た事があるが……釣りをしている人を見かけた事はない。

もしかしたら俺が覚えていないだけなのかもしれないが。

釣りのルールがよく分からず、ヘルプを確認する。

「んー……っと？」

現実の方でも釣りはした事がないのでヘルプに書かれている1文目から少し躓いてしまった。

「現実と大差ないって言われても……」

ギルドにて市販の釣り竿を買うか、王都や第6の街などに存在する釣り専門店で釣り竿を買い、川や湖などの一定以上の大きさを持つ水源に投げ入れる？　らしい。

「……街に近いほど釣れるのに時間が掛かるようになるって言われてもなぁ」

深淵の森深層か、深淵の森の先にある海でやれば良いのだろうか。

正直言って、【水中行動】のスキルが付与されるレッサーザラタンのアイテムリングがあるとはいえ海には行きたくない。

撒き餌《え》をする事で魚が釣れる確率が高まるなどと書かれているヘルプを一通り眺めてから……扉の前で待機しているクロを見る。

ファイ達精霊も活発組が全員クロと一緒にいる為、行かないという選択肢はないのだろう。

「取り敢えず……ギルドで買ってからね」

既にギルドランクは7まで上がっており、ある程度の品質の物は買うことが出来るだろう。

問題は……かかった魚を釣る事が出来るかどうかだが、まあそれは実際にやってみないと分からない。

扉を開けた瞬間に移動を開始したクロ、その背中に乗っているファイ、イム、エイの跡を追う形で、移動を開始した。

「……しっかりギルドの方に向かってんだな」

エイが一回落ちて止まった事以外は何事もなくギルドに辿り着き、『上級釣り竿』『上級撒き餌』という物を数個ずつ買った後すぐに深淵の森深層へと移動を開始する。

道中、AGIのステ値が高くないはずのクロがイム達のアシストで想像以上の速度で移動したのを驚いている内に……つまり数分も経たない内に、深淵の森へと辿り着いた。

「えっと……撒き餌を撒いて……放る」

釣り竿を、適当な投げ方で前へと放る。

撒き餌を撒いた場所とも、狙っていた場所とも違う場所に着水してしまったが……まあ、川のど真ん中にいったのだし良いだろう。

「クロ達は……ってそれ……」

後ろにいると思っていたクロが、何故か水の上に立っているのを見て言葉に詰まる。

近くにファイに引っ張られたティアがいる為、何をやったのか察したのだが……。

「何やっ――んおっ⁉」

唐突に引っ張られるような感覚が発生し、慌てて釣り竿を持ち直す。

ニワカ知識しかないのだが、もう少し待つべきだろうと判断した俺はもう少しだけ我慢し――。

「っきた‼　っ、ん……逃げられた？」

引っ張った瞬間に軽くなった。

なんとも言えない気持ちになりながら、クロのいたほうを眺めるが……誰もいない。

「んにゃっ」

そんな俺の雰囲気を察したのか、クロが鳴き声を上げてくれたのでそちらを見ると……魚を頬張っているクロを見つける事が出来た。

「……魚？」

「にゃぉ」

「いや、釣ってなくない⁇」

木の下に座り、美味しそうに魚を食べているクロについ声を上げる。

水の上に立っているのを見て何かしているのかもしれないとは思っていたが……。

「え、釣り竿必要なかった？……まあいっか。続けよう」

もう一度、撒き餌を撒いた方向目掛けて釣り竿を放る。

先ほどよりも上手くいった事にある程度満足しつつ横を見ると……ライがイムに促されて雷球を

水面に突っ込み、複数の魚を水面に浮かせていた。

「えぇぇ……」

巻く機能も存在しない釣り竿を使っている事がアホらしくなるような、効率の良い魚取り。

「……そこら辺、魚影なかった気がするんだけどなぁ」

そこら辺どころか、あまり明るくない事もあり何処にも魚影を見つけられないので……俺が魚を得るには釣り竿を使うしかないのだろう。

「ライ、俺にもくれる？」

首を縦に振ってくれたライに感謝しつつ、現在放っていた釣り竿を戻すべく、上に持ち上げる。

「ん？……重い、か？」

心做しか少し重い、と言った程度の誤差を感じた事に首を傾げていると……ドジョウのような魚が引っ掛かっていた。

「……」

「んにゃっ、にゃ!!」

「あ、うん。上げる」

「にゃぉ」

珍しい見た目をしているからか、それともクロにとっての一口サイズだからなのかは知らないが、ドジョウを求められたので、釣り針から外した後に手渡す。

絶対に逃がさないといったような熱い意思を感じる挟み方でドジョウを持ち、一口で飲み込んだクロは……。

「んにゃ、んにゃっ！」

「……自分では出来ない？」

「んぁぉ」

「……まあ、やれるだけやってみる」

相当気に入ったのか、さらなるドジョウをせがまれたので、釣りを継続する。

その間も、ファイ達が楽しそうに水面に衝撃をくらわせて魚を集めてはこれまた楽しそうにクロに渡していくのだが、それらのすべてをクロは食べ続けた。

「んー……コツが分からん」

一応はライやエン、アース達が俺へと魚を渡してくれているので、クエストの分は問題なく集められるだろうが……手渡された魚の種類が、すべて鮎《あゆ》だったのでクロが食べているのも恐らくは鮎だけなのだろう。

「んっ……なんだこれ？　重い？」

最初の時のような、軽く引っ張られるような感覚ではない。

表示されていた釣り竿の耐久値が少しずつ減っていくのを確認し、少し焦りながらも釣り竿を持ち上げようとする。

「……ッ、上がんないッ」

クロが何を思ったのか立ち上がりながら俺の足を掴んだのに気付き、少し気が緩みかけるが慌てて力を入れ直す。

「【火精霊の加護】‼」

「んにゃっ‼」

「うぉぉおお‼　っし釣れ――【ショートワープ】‼」

宙を舞った魚が、一直線に俺へと突っ込んでくる。

釣った以上当たり前の事かもしれないが、想像以上に気持ち悪かったのでつい【ショートワープ】を使って回避してしまった。

見た目は……。

「ナマズ？……あ、ひげか」

気持ち悪いと思った物がひげだった事に少し安心しつつ、クロが跳ね続けるナマズに猫パンチをくらわせているのを見てなんとも言えない気持ちになる。

「クロ……後衛特化だろ」

俺が決めてしまっている以上あれなのだが、クロのステータスは完全な魔法職のそれである為、猫パンチをしても大した威力にはならないだろう。

現に、ナマズは未だ元気に跳ね続けている。

見守っているイム達が、風の壁などを作って逃げられないようにはしているが……。

「魔法使っても良いんだよ？」

「んにゃっ‼」

そういった瞬間、空を舞ったナマズ。

何が起きたのか理解できなかったのだが、その後も動き続けた影はナマズを絞め殺し、丁度良い具合にクロの前へと運んだ。

「……まじか」

「んにゃ」

手を合わせてから食べ始めたクロに戦慄しながらも、次をせがまれるような気がして再び釣りを再開する。

今度はファイ達も気になったのか俺の釣りを見ている為、失敗する訳にはいかないだろう。

「……良いの来い良いの来い」

「んなーぉ」

後ろから嬉しそうなクロの声が聞こえた事で少し頬を緩ませたものの、しっかりと浮きを見て何か食いつかないか見逃さないようにする。

「〜〜♪」

「っちょ、ファイ!?」

そんな俺を見て何か思い付いたかのように火の玉を水面に突っ込み、周囲の水を吹き飛ばしたファイについ声を張り上げる。

慌てて釣り竿に被害が及ぶよりも前に回収すると……釣り針に小さなメダカがひっ掛かっていた。

「……もしかして分かるの？」

「～～～♪」

「……」

嬉しそうに宙を舞ったファイに対して、イムが声に出ない声を張り上げる。

次は自分が、と言わんばかりのイムは風を利用してメダカを釣り針から外し、狙った所へと浮きを運んでいった。

「……俺、何もしないで良さそうなんだけど……」

ふと目を逸してクロを見れば、器用に影を使ってメダカを捕まえながら、他の影を使ってナマズを上手い具合に食していた。

「……」

「ん、あ。ごめんイム」

クロに気を取られている内に魚が引っ掛かったのかイムが視界の前に現れたので釣り竿を持ち上げると……今度は小さなフナが引っ掛かっていた。

「～～♪」

今度は頭の上から顔を覗かせたライが、方向を指示してくれたのでそちらへと釣り竿を放り……少しの間待機する。

「……これ、もしかしなくても全員やる流れ？」

最終的に、終始俺の頭の上で寝ていたヤミ、何をしているのかよく分からないファンに、クロにへばりつき続けたエイを除く7人がやり、一番大きな魚を釣り上げたのはエンだった。

エンが釣り上げたのは鯉……ストレージによると、ソウギョと呼ばれる魚で大きさは凡そ1m。

次に大きな魚を釣り上げたリムですら50㎝程のナマズだったので、その差がどれほどなのか、クロの喜び具合も容易に察せるだろう。

他にはライがドジョウを、ティアがウナギを、アースがイワナを釣り上げ……すべてがクロのお腹に収まるまでの長い時間の間、ずっと俺は釣りをしていた。

最低でもファイとイムが楽しそうに指示出しをし、時にはリムがお願いしてきたり、ライが雷球を使って川の流れを強制的に変えてきたりと……終始俺にとっても楽しく過ごせた時間だったが……。

「んにゃー」

「にゃあぉ」

「……いや、あのね??」

「……物理法則どうなってんだろうなぁ」

自身の体積を容易に超える量を食べ尽くしたであろうクロは、未だにさらなる魚を求めて俺の肩に移動してきていた。

影の使い方が想像以上に自由すぎ、現在もファイ達に集めてもらった鮎が大量に影の中に収納されているはずだというのに……。

「次、次クエスト見つけたら。ね？　海には別の魚もいるだろうし」

「んにゃっ!?」

「……あれ、ミスったか？」

喜びからか肩から飛び降りて、足取り軽く前を歩み始めたクロに、すぐにでも海で魚を集めないとダメだろうなぁ、と思わされる。

一応はクランに参加しているのだし、クランのクエストを消化するという面ではこの行動は間違っていないのだろうし……また見つけたらやるか。

あとがき

この本を手に取ってくださった皆様方、はじめまして。

ｗｅｂ版、そして1巻を読んでくださった読者様方は、はじめましてではないかもしれませんが……というのはさておき、拙作を手に取ってくださいまして、本当にありがとうございます。

前巻のあとがきにて全く同じ書き出しをさせていただいたのですが、はじめましてではない方々が増えていくと考えますと、とても感慨深い物があります。

前巻同様、狂喜乱舞いたしますので暫しお付き合いください。

完全に1から書き直した今作ですが、ｗｅｂ版との差が1巻以上に大きな物になったのではないかと思っています。

ｗｅｂ版では出てこないステージにアイテム、新称号。ｗｅｂ版では盛大にグダっていたシーンもある程度まともになったのではないかと自負しておりますが……勿論、殆どがノリと勢いで追加された物です。

ストーリーを書き進めていく上ではある程度自制しているノリと勢いを取っ払ったのがこのあとがきですが、ノリに限らず多大なる迷惑をかけてしまい、すべてをフォローしてくださった編集者様には感謝してもしきれません。

今後一生足を向けて　寝られないと思っているのですが……位置関係が分からず、立ちながら寝る必要が出てきそうです。

……話を元に戻しますが、今作は本編が少し短く番外編が長めになっており、ｗｅｂ版とは全く違った話を楽しむ事が出来るのではないかと思っております。

本編が短くなったのはまず間違いなく私の所為なのですが、打開策を沢山出してくださった編集者様、本当にありがとうございました。

前巻でも申し上げましたが、見捨てないでください本当に。

一瞬で話が逸れたのがあれですが……皆様、bun150様に描いていただいたイラストは誰が一番好きでしょうか？

私は間違いなく姉です。前巻ではレイナさん一択だったのですが……姉の雰囲気が私の妄想と完全にマッチしていた為最押しになりました。

獣耳という新しい世界を開いてくださったbun150様、ありがとうございます。

流石にこれ以上荒ぶるとキ○ガイ認定を受けてしまいそうなので自制致します。

ＴＯブックス様、担当編集者様、bun150様。本当の本当に、ありがとうございます。様々な迷惑を掛けてしまいましたが、今後も寄り掛かり過ぎない程度に頼りにさせていただけたらと思います。

最後に、拙作をお手に取ってくださった皆様方、最後までお付き合いくださいまして本当にありがとうございました。又、こんなあとがきを最後まで読んでくださった方々、時間を奪ってしまいすみませんでした。

またいつか、３巻でお会いしましょう。

目指すは
「最強」
一択よ!
波乱万丈のクラン対抗戦の幕開け!?
夢見がち弓使いのスピード成り上がりVRMMOファンタジー!
不遇職の弓使いだけど何とか
無難にやってます3
2021年発売予定!

波乱万丈の
クラン対抗戦の
幕開け!?
夢見がち弓使いの
スピード成り上がり
VRMMOゲーム
ファンタジー第3弾!
賞品が欲しいだけなのに…

夢見がち弓使いの
スピード成り上がり
VRMMOゲーム
ファンタジー！

COMICコロナにて
2020年冬
コミカライズ
連載開始予定!
COMIC コロナ CORONA TOcomics
ニコニコ漫画にて毎週月・木曜更新
I'm an unfortunate archer, but doing Okay
不遇職の弓使いだけど何とか無難にやってます
@COMIC
[漫画]成瀬真琴 [原作]洗濯紐 [キャラクター原案]bun150

皇女暗殺の
勝利の鍵はキノコにあり、ですわ！
絶対に違う。

不遇職の弓使いだけど何とか無難にやってます 2

2020年11月1日　第1刷発行

著　者　洗濯紐

発行者　本田武市

発行所　TOブックス
〒150-0002
東京都渋谷区渋谷三丁目1番1号　PMO渋谷Ⅱ　11階
TEL 0120-933-772(営業フリーダイヤル)
FAX 050-3156-0508

印刷・製本　中央精版印刷株式会社

ISBN978-4-86699-069-9